阿云案背后的大宋文明

高洪雷 著

人民文学出版社

图书在版编目（CIP）数据

阿云案背后的大宋文明 ／ 高洪雷著．—北京：人民文学出版社，2023（2023.7重印）
ISBN 978-7-02-017822-3

Ⅰ.① 阿… Ⅱ.①高… Ⅲ.①报告文学—中国—当代 Ⅳ.① I25

中国国家版本馆CIP数据核字（2023）第036440号

责任编辑	付如初　马林霄萝
装帧设计	陶　雷
责任校对	王筱盈
责任印制	王重艺

出版发行	人民文学出版社
社　　址	北京市朝内大街166号
邮政编码	100705

印　　刷	北京盛通印刷股份有限公司
经　　销	全国新华书店等

字　　数	155千字
开　　本	880毫米×1230毫米　1/32
印　　张	7.875　插页1
印　　数	6001—10000
版　　次	2023年5月北京第1版
印　　次	2023年7月第2次印刷

书　　号	978-7-02-017822-3
定　　价	66.00元

如有印装质量问题，请与本社图书销售中心调换。电话：010-65233595

目 录

序　言 / 马伯庸 ………………………………… ○○一
引　子 …………………………………………… ○○一
第 一 章　案　发 ………………………………… ○○一
第 二 章　她招了 ………………………………… ○○三
第 三 章　案件移交 ……………………………… ○○八
第 四 章　进士出身的知州 ……………………… ○一七
第 五 章　恩　荫 ………………………………… ○二九
第 六 章　大宋官员是"法盲"吗？ …………… ○三八
第 七 章　看他怎么判 …………………………… ○四四
第 八 章　判决被推翻 …………………………… ○五○
第 九 章　宋神宗"神"吗？ …………………… ○五五
第 十 章　虚君实相 ……………………………… ○六五
第十一章　许遵不服 ……………………………… ○七八
第十二章　所谓的"妄" ………………………… ○八三

第十三章	执掌大理寺	〇八八
第十四章	言者无罪	〇九一
第十五章	台谏的污点——乌台诗案	〇九九
第十六章	宋朝不杀士大夫	一〇七
第十七章	两制议法	一一七
第十八章	第二次大辩论	一三〇
第十九章	钻进圈套	一三六
第二十章	皇帝服输	一四〇
第二十一章	二府议法	一四三
第二十二章	东方文艺复兴	一四七
第二十三章	一锤定音	一六六
第二十四章	赶出朝廷	一七一
第二十五章	台谏官能随便换吗？	一七八
第二十六章	前赴后继	一八四

第二十七章　君子之争	一九〇
第二十八章　十七年后	二〇一
第二十九章　乾隆的御批	二一〇
后　记	二一六

附　录

宋史·许遵传 / 脱脱等	二二三
文献通考·刑考 / 马端临	二二四
司马光关于阿云案的上疏 / 司马光	二三〇
御史弹劾宰相书 / 刘述、刘琦、钱顗	二三三
与王介甫书 / 司马光	二三五
答司马谏议书 / 王安石	二四三

序 言

马伯庸

1975年，考古人员在湖北睡虎地出土了一批竹简，其中包括了两封书信。作者是秦国一个普通农民家庭的两兄弟，分别叫做黑夫和惊。黑夫和惊外出参军打仗，他们在战争间隙分别给大哥衷写了一封书信，问候家人，捎去平安。

他们参与的那一场战争，是秦统一六国之战中的灭楚之战。这场战争规模巨大，厮杀惨烈。先是秦将李信率军二十万高歌猛进，结果被楚将项燕打了个埋伏，损失惨重。秦始皇亲自请出了老将王翦，率军六十万，这才击败项燕，彻底灭亡楚国。

不难想象，黑夫和惊两个普通小卒，在战场之上经历了怎样的惊涛骇浪。很遗憾的是，史书上留下记载的，是秦始皇与楚王的庙算心思，是李信、王翦、项燕等大将的攻伐谋略——至于这两兄弟的命运，浓缩到了"二十万"和"六十万"这两个冷冰冰的数字里。他们的喜怒哀乐，他们的牵挂与恐惧，并没有人记得。如果不是机缘巧合，让考古人员看到这两封中国现存最古老的平民书信，他们便会像其他无数战场亡魂一样，湮灭于历史长河，彻底被遗忘。

纵观中国历史，我们最经常看到的，是帝王将相们的精彩生活，他们的生平与活动占据了史书的绝大部分篇章。像黑夫和惊这样的平民百姓，则极少被史家所关心。煌煌二十五史，也只有司马迁肯把视角放下来，想起来为刺客与游侠做几篇列传，这就是极限了。

这本写宋代的书，视角别出心裁，把视角放在了一个普通的登州平民女子阿云身上。以一场算不上曲折的凶杀案子作主线，牵扯进了包括宋神宗、司马光和王安石在内的大半帝国精英，生动地展现出了北宋的法律与政治生态。我以为此书最为难得之处，在于其并非秉持惯常的上层视角，而是以一个升斗小民的命运为核心，爬梳史料，抉微扼要，凝之则为阿云一人之生死，散之则见大宋之气象，以小见大，自下而上，可谓深得"微观史学"之精髓。

引　子

早在学生时代，我就对宋朝颇有微词。在我以往的认知里，宋朝几乎就是局促、黑暗、软弱、屈辱的代名词。说它局促，是因为它蜗居在长城以内，国土面积最大时也仅有460万平方公里；说它黑暗，是因为朝廷为了与金国达成和议，以"莫须有"的罪名害死了爱国将领岳飞；说它软弱，是因为它一直活在辽、金、夏、元的阴影里，不得不以铜钱和丝绸买和平；说它屈辱，是因为徽、钦二帝被金国俘虏，皇室残余不得不退避江南。

直到我读到了一个杀人案。是这个案件背后的一系列操作，彻底颠覆了我对宋朝的印象，最终促使我把"文明"的帽子戴到这个王朝头上。并由此感悟到，军事实力，并非一个国家文明与否的首要标准，文化才是；国土面积，并非一个国家强盛与否的主要标志，经济才是；皇帝威望，并非一个国家规范与否的衡量标准，法治才是。

这个案件，我给它取名"阿云案"。

第一章

案　发

蓬莱，位于胶东半岛最北端，是古代东北亚海上丝绸之路的必经之地，也是北宋时期登州的州治。当时的登州，下辖四个县，分别是蓬莱县、黄县（今山东龙口市）、牟平县、文登县。

熙宁元年（1068年）以前，这里发生了一件凶案。

《宋史》①记载，登州乡下有一个女孩，名叫阿云。她小时候死了父亲，刚刚成年母亲也病逝了，主持终身大事的任务就落到族长身上。在她为母亲服丧期间，族长收了农夫韦大的聘礼，把她许配给了对方，过门的日子也选好了。

古代婚姻，一切听凭"父母之命，媒妁之言"。婚姻中的女子，只能接受"嫁鸡随鸡，嫁狗随狗"的命运。婚姻自由，只是神话故事和古典戏剧里的想象，连皇家公主都做不到，更别说生活在农村的阿云了。问题是，韦大长得太丑了，活脱脱一个登州版的武大

---

① 见〔元〕脱脱《宋史·许遵传》，中华书局1985年版。

郎。更大的问题是，阿云是一个"颜值控"，史书上说她"嫌婿陋"，也就是嫌弃未婚夫长得丑陋，但婚期已定，由不得她。为了摆脱这桩不称心的婚姻，阿云什么招数都用上了，包括一哭二闹三上吊，还给族长磕了好多头，额头甚至磕出了血，但族长就是不松口。

于是，她在心里恨恨地说："我就是死了，也不会嫁给他，让这个人脏了我的身子。反正我也没爹没妈，无牵无挂了。"阿云是个想到哪里就做到哪里的人，她决定豁出去，铤而走险，暗中除掉未婚夫。

应该是秋天吧，长空一碧如洗，田野一片金黄，谷穗随风摇曳，庄稼马上就要收割了。每到收获季节，农户都会在田间搭起临时的草棚——这种草棚被称为田舍，白天驱赶麻雀，晚上防备盗贼。韦大也搬进了自家的田舍，一个人住在那里。阿云提前踩好了点，准备暗中下手。

一天晚上，夜深人静，月黑风高，阿云怀揣着一把刀，摸进韦大睡觉的田舍，向沉睡中的韦大砍了十几刀。也许因为她力气太小，也许因为摸黑砍得不准，韦大并没有被砍死，只是被砍掉了一个手指。因为韦大惊叫和反抗，阿云就钻进沉沉的夜幕，连滚带爬地溜走了。①

---

① 〔北宋〕司马光《司马文正公传家集》记载："妇人阿云于母服内与韦阿大定婚，成亲后嫌韦阿大，夜间就田中用刀斫伤。"意思是凶案发生时阿云已经与韦大成亲。〔元〕马端临的《文献通考》记载："有妇云于母服嫁韦，恶韦寝陋，谋杀不死。"也说阿云谋杀韦时已经出嫁。这两处记载与《宋史》相矛盾。

第二章

她招了

韦大莫名受伤，他的家人能想到的就是报官，而县衙是他们鸣冤叫屈的首选。在宋代县衙里，有四名朝廷命官，知县是一县之长，从八品至正九品；县丞是副长官，正九品或从九品；主簿，从九品，负责文书和财政，相当于如今的办公室主任兼财政局局长；县尉，从九品，负责社会治安，相当于如今的公安局局长。县衙还配有一定数量的"吏"，类似如今政府机关中工人身份的办事员，如押录①、手分②、贴司③等。另外，县里还有人数众多的差役，相当于如今的临时工，如负责治安的耆长、弓手④、壮丁，负责押运的衙前，负责仓库的公人，负责收税的里正、户长等。

---

① 又称押司、典押，负责收发、签押、保管各种文书，催征赋税，协助办理诉讼案件，是地位最高的县吏。
② 又称守分，分前行、后行，职责随分掌的事务而定，可以任仓、库、场、务的主管，地位比押司低，比贴司高。
③ 负责县衙的书写、造账等工作，地位比手分低。
④ 指弓箭手，是县尉的随员，负责巡逻、缉捕事宜，由当地的差役充任。

四

接到报案，知县要求县尉缉拿凶犯。这个县尉估计是个老手，他来到案发现场，发现没丢失什么钱财，便排除了劫财杀人的可能，认定不是盗贼所为。

不是盗贼所为，就可能是仇杀。那么，谁是韦大的仇家呢？这个仇家力气不大，砍了十几刀居然只砍掉一个手指。依此推测，这个仇家不是老人就是小孩，还有可能是女人。

如同警察找不出作案者的动机就不算破案一样，接下来，县尉用排除法，对韦大潜在的仇家逐一做了摸底排查。在摸排中，县尉了解到，这个韦大不仅长得丑，而且胆子小，从不主动惹事，就算是邻里泼妇指着鼻子骂他，他都不敢还口，哪来什么仇家？随后，县尉在梳理韦大的关系人时发现，如此丑陋和窝囊的韦大，居然定了一门亲事，据说女方长得很干净，关键是女方对这门亲事并不情愿。于是，怀疑的目标就转到了女方身上。

接下来，史料里[1]记录了一个细节：

> 县尉令弓手勾到阿云，问："是你斫伤本夫，实道来，不打你。"阿云遂具实招。

我推测，县尉和手下已经举起了棍棒，亮出了鞭子，瞪大了虎眼。阿云乃是一介民女，哪里见过这种阵势。很快，她就据实

---

[1] 见〔北宋〕司马光《司马文正公传家集》中"议谋杀已伤案问欲举而自首状"。

招认了。

《宋史·许遵传》也记载：

> 执而诘之，欲加讯掠，乃吐实。

译成白话就是，把阿云抓来吓唬她，准备对她刑讯拷打，她就说了实话。

案情大白，水落石出。借用一下现代法律词汇就是：犯罪事实清楚，证据确实充分，罪犯供认不讳。

显然，这不是一件大案，被害人受轻伤，案情也不复杂。案中没有拉皮条的"王婆"，没有奸夫"西门庆"，阿云也不是"潘金莲"，过程既不曲折，也不离奇，更不暧昧，无非就是一个爱美的少女嫌未婚夫长相不好，想私底下弄死他而已。

接下来，阿云被押入大牢，等待判决。在她看来，不就是砍伤了人吗，人又没死，自己大不了挨一顿棍棒，受点儿皮肉之苦。在今天看来，她的想法不是没有道理，因为受害者被砍掉了一个手指，属于轻伤，一般判三年以下有期徒刑、拘役或者管制。再说，她反抗"封建礼教"并没有错，如果说有错，无非就是手段极端了一点儿。退一万步讲，她没念过书，是个法盲，我们没法从法律和人权的角度谴责她。

然而，她太天真了，想得太简单了，因为她的案件涉及宋朝的两条法律。

一，涉及《宋刑统·名例律》①中的"十恶"罪。"十恶"罪的源头是古代宗法制度，具体包括：一叫谋反，就是图谋危害社稷；二叫谋大逆，就是图谋毁坏宗庙、皇陵和宫殿；三叫谋叛，就是图谋叛国投敌；四叫恶逆，就是家族内部的犯上侵害；五叫不道，就是用惨无人道的手段侵害别人；六叫大不恭，就是对皇帝不恭敬；七叫不孝，就是不能善待父母、祖父母；八叫不睦，就是谋杀、出卖、控告直系尊亲属；九叫不义，就是杀害上司、老师；十叫内乱，就是家庭内部的乱伦行为。犯了"十恶"罪的人，即使遇到朝廷大赦，也不在赦免范围内，这就是人们常说的"十恶不赦"。

妻子谋害丈夫，即便没有实施或者虽然实施但没有致伤致残，也已经犯了"十恶"的"不睦"；万一丈夫因此受伤或者死亡，妻子的罪行就升级为"恶逆"，两种罪行在《宋刑统》中均属大辟②，也就是死罪。

这种罪行，除了要接受法律的严惩，还要接受社会舆论的口诛笔伐。早在汉代，董仲舒就发明了以"三纲"为中心的礼教

---

① 建隆四年（963），宋太祖命令判大理寺窦仪等人，参照唐朝的《唐律疏议》和后周的《显德刑统》，制定了宋朝基本法典《宋刑统》，然后刻印颁行全国，是中国历史上第一部刻印颁行的刑事法典。

② 大辟，古代的五刑之一，泛指死刑。秦代的大辟有斩（用斧子砍头）、枭首（把头砍下挂在高处示众）、车裂（五马分尸）、弃市（在闹市执行死刑并暴尸）、腰斩、支解（碎裂肢体）、磔（分裂肢体）等。汉代大辟改为腰斩、枭首、弃市。宋代大辟有绞刑、斩刑、凌迟（千刀万剐）、杖杀。

体系,"三纲"就是"父为子纲、君为臣纲、夫为妻纲"。臣杀君、子杀父、妻杀夫都是以下犯上,是一种"大逆不道""人神共愤"的行为。

二,涉及《宋刑统·贼盗律》中的"谋杀"罪。其中规定:"诸谋杀人者,徒三年;已伤者,绞;已杀者,斩。"意思是,密谋杀人的,判三年徒刑;密谋杀人致人受伤的,判绞刑;密谋杀人致人死亡的,判斩首。

也就是说,阿云同时触犯了"恶逆"罪和"谋杀"罪,还违反了伦理纲常,因此处罚起来极其严重。依照这两条法律,阿云难逃一死。

那么,知县会判她死刑吗?

第三章

案件移交

其实,知县根本没有权力审判她。

在宋朝,县一级不设法院,由知县兼管司法。按照级别管辖的原则,宋朝的知县只有判决民事诉讼和杖刑以下轻微刑案的权限,徒刑以上案件须报送州一级判决,而阿云触犯的是恶逆罪和谋杀罪,因此知县无权对阿云作出判决。

按照程序,案子被移送登州知府。宋代州的长官,叫权知军州事,意思是"暂时代理该州厢军和民政事务",简称知州,由皇帝任命的文官担任,以防止以往由武将兼任地方官所造成的拥兵自重甚至藩镇割据,三年一轮换。副长官叫通判州事,简称通判,由皇帝直接委派,与知州联署办公,还负有监督知州的职权,是兼行政、监察于一身的中央官吏,因此号称监州。

朝廷对知州的考核,主要内容是:断狱要公正,盗案要减少,农桑水利要发展,纳税人不闹事,户口要增加,赈灾要及时,贫民要救济。其中断狱为首要职责。因此，知州都兼任本地首席法官。

但接受案卷的，并不是知州，而是州里的司法机构。

州级司法机构，是宋朝司法制度最辉煌的一个章节，也是古代审判制度的一大创新，堪称中国司法制度的"神来之笔"。何出此言，请听我细细道来。

宋太祖赵匡胤开国以后，从制度构建的角度考虑，有两种选择：一是推倒晚唐—五代乱糟糟的政体，另起炉灶，设计出一套崭新的模式；二是承袭既有的政体，萧规曹随，换汤不换药。如果是前者，需要智慧，也需要时间，但国家治理等不及；假如是后者，既有政体乃乱世之物，难以维持国家的长治久安。

于是，他选择了第三条道路，那就是沿用前朝的制度框架，进行渐进式改造。其中对"马步院"的改造，就是渐进式改造的一个漂亮动作。

在唐朝的司法体制里，各州郡设有州院，掌管一州的司法。后来藩镇专权，私设马步院。马步院，是在马步军中设置的法庭、监狱一类的军法机构。这种半军事半司法机构成立后，不仅架空了原来的州院，而且滥用酷刑，动辄杀人，马步院体制堪称五代时期最黑暗的制度之一。

大宋建国后，对各州的马步院进行了改造，废除了以马步院牙校为判官断狱的惯例，改马步院为司寇院（后来改为司理院），由新及第进士、九经、五经及其选人①中资序相当的官员，出任司寇参军——后来改名司理参军，②职责定位是审查被告人的犯罪事实；保留了原来的司法参军，职责调整为检索疑犯适用的法律条文。这样一来，就形成了世界上独一无二的"鞫谳分司"制度。简单地说，就是案件的审理（鞫）和判决（谳）相分离，各有分工，独立运作。这一点，类似英美法系中陪审团负责确认被告是否有罪，法官根据法律对罪犯量刑，"事实审"与"法律审"相分离。

具体运作方式是：

第一道程序：审讯。由司理参军管理的鞫司，负责推勘被告的犯罪事实，叫"事实审"。鞫司人员包括左右推官、左右军巡使、左右军巡判官、录事参军。当推勘官审清了案情，有了证人证言、物证、法医检验报告，能够排除合理怀疑，被告人服罪画押，他们的工作就结束了。至于犯人触犯什么法，依法该判什么刑，鞫司是不用管，也不能管的。

---

① 宋朝文官分为升朝官、京官、选人三等。升朝官是每天在朝廷立班的大臣，也叫常参官，指宰相以下到太子中允、太子中舍、太子洗马，是从一品到正八品的官员；京官是在京不能常参的官员，从著作佐郎、大理寺丞以下至校书郎以上，由中书省授官，是从八品以下的官员；选人是低级文官，指幕职州县官，经过吏部铨试后授官。宋初，文散官每品除正、从外，从四品起还在品内分上下，共有29阶；文官本官阶有42阶。元丰改制后，文散官取消品内上下，共有18阶；文官本官阶改为职事官，又称寄禄官，有25阶。

② 见何忠礼《宋代政治史》，浙江大学出版社2007年版。

传统司法把口供视为"证据之王",刑讯逼供由此在所难免。但宋朝对此有严格的规定,只有在被告人嫌疑重大又坚决不招供的情况下,才允许刑讯。宋朝刑讯的法定刑具是杖,拷打不能伤及人命,不得超过三次,每次需要间隔20天,总数不得超过200下,老年人、残疾人、小孩、孕妇、产妇不许拷讯。由此看来,宋朝的推勘,已经突破了"口供为王"的惯例,书证、物证、证人证言、法医检验和司法鉴定的法律效力超过了口供,只要法医检验、司法鉴定和物证、实证确凿,即使被告人拒不招供,也可以定罪。官府设有检验官,检验的范围、内容、程序、规则,检验官的法律责任,勘验笔录的文书程式等,都有具体规定。《宋刑统·诈伪律》有"检验病死伤不实"条,《庆元条法事类》也有"检验"条和"检验格目""验尸格目"。宋朝的法医鉴定已经达到一定境界,湖南提点刑狱使宋慈系统梳理古代法医鉴定技术,结合自己的法医实践,编写了世界第一部法医学专著《洗冤集录》,并被钦命颁行全国,成为司法检验活动的指南。书中的验尸,四季尸体变化,自缢、溺死、杀伤、服毒等死状特点,共计53项内容,长期为后世所沿用。

第二道程序:录问。宋朝法律规定,徒刑以上的案件,必须录问,就是由没有参加庭审、依法不必回避的法官,向被告人宣读罪状,核对供词,询问被告人是否属实,有没有冤情。必要时,还可以提审证人。如果被告人自认属实,就签写"属实",转入谳司的检法程序;如果自认不属实,喊冤翻供,就自动进入申诉程序，移交另外的法官重新开庭审理，这叫"翻异别勘"。

翻异别勘，又称翻异别推，意思是翻供后重新审理，这是一项防止冤案的自动申诉复审机制。翻异别勘又分为原审机关的"移司别推"和上级指派的"差官别推"两种形式。前者是在原审机关内，将翻异案件移交给另一部门重审；后者是移司别推后仍旧翻异不服的，由上级差派司法官主持重审，或指定另外的司法机关重审。

假如被告人一次次招供，又一次次翻供，造成一次次重审怎么办？为此，北宋考虑到司法公正和司法效率的平衡，允许被告人有三次翻异别勘的机会；别勘三次之后，被告人若再喊冤，就不再受理。后来，南宋延长到五次翻异别勘。对于犯下死罪的重案犯，还必须"聚录"——多名法官一起录问，以防作弊。特别重大的死刑案件，聚录之后，还要选派邻州的法官再录问一次。

也有个别案件，突破了法定别勘次数的限制。宋孝宗年间，南康军①（今江西庐山市）一个民妇阿梁，被控与奸夫串通谋杀亲夫，判处斩刑，但阿梁翻供近十次，前后审理了九年，她仍旧不服判决。朝廷又派江东提刑耿延年亲自审讯，最后以疑狱奏裁，允许她以铜赎死罪。②今天我们常讲"既不能放过一个坏人，也

---

① 宋朝的军，是根据军事需要而建立的地方行政单位，一般在边关地带，分大军和小军，大军与州、府平级，直属于路，一般管理1至3个县；小军与县平级，由州管辖。

② 见戴建国、郭东旭《南宋法制史》，人民出版社2011年版。

不能冤枉一个好人",但常常难以两全,只能在"可能枉"与"可能纵"中二选一,而宋朝毫不犹豫地选择了"宁纵不枉",也就是"宁可放过一千,不可错杀一个"。曾几何时,法院判决文书和新闻媒体的案例报道中,经常出现"民愤极大,不杀不足以平民愤"等热词。民愤或许可以助推个案加速接近或抵达司法正义,却不见得必定接近或抵达司法正义。因为所谓的"民愤",往往来自两个方向,一是不明真相的吃瓜群众,一是悲愤交加的受害者家属。但案件是案件,舆论是舆论。不管你打击犯罪的欲望多么迫切,同情受害者的心理何等强烈,若不能忠实地保护一个嫌疑人的权利,就背离了正义立场和法律本位,你的行为与犯罪也就殊途同归,就失去了代表法律的资格。正如一个现代法官所说:罪犯逃脱和政府非法相比,罪孽要小得多。

我无法统计宋代到底有多少被告人因为"录问"程序而免于冤死,但可以肯定的是,多设一道把关的程序,被告人就会减少几分蒙冤的危险。

第三道程序:检法。由司法参军管理的谳司,负责查找适用的法律条文,叫"法律审"。检法官根据案件卷宗,把犯罪事实适用的法条逐一检出来。如果检法官检法有误,对所判案件引用法令错误,则要承担相应的法律责任。检法官一旦发现卷宗有疑点,有权提出驳正。如果检法官能够驳正错案,将受到奖赏;如果案情有疑问,检法官未能驳正,将与推勘官一起受到处分。宋朝的法律不仅形式复杂,有律、敕、令、格、式、例、申明、看详等,而且条文数千,浩如烟海,只有设置专业的检法官,才能较为准确地援引法条定罪。从这个角度讲,检法官独立,能够有效防止推官和判官权力的滥用。

第四道程序:拟判。依据鞫司提供的案情、谳司提供的法条,由推官或签判①执笔,起草初步处理意见,也就是判决书草稿。

第五道程序:过厅。由通判、判官、主典(主审)等人组成合议庭,对拟判进行讨论、审核。如果没有异议,全体法官需要集体签署意见,共同承担判决错误的责任。如果某一法官对判决有异议,应当及时申请知州更正。如果意见不被知州采纳,可以把异议直接呈报路提刑司,这种做法叫"议状"。假如事后发现该判决属于重大误判,事前写有"议状"的法官将免于连带处罚。如果路提刑司因此发现并纠正了错判,提交"议状"的法官还会受到奖赏。

第六道程序:定判。案件经过合议庭集体审核后,由首席法官——知州审阅。知州如果认为判决无误,便书写判语,签署判决书。

在审判过程中,有一套严密的法官回避制度。回避对象是与原告、被告有亲戚、恩怨、师生、荐举关系的法官;回避范围为

---

① 进士及第一甲三名被派到各州、府充当判官时,称签书判官厅公事,简称"签判",属于京官,正八品,负责各种案件的起草和移送。

法官的上下级官员、承办同一案件的前后官员。推勘官、录问官、检法官必须互相回避，一旦发现在结案前会面的，各打八十杖。考虑到缉捕官因为亲手抓捕疑犯，出于立功心理，会倾向于认定嫌犯有罪，所以也不能参与审判。官方"按发"的案件，按发官（公诉人）也不得参与审判，必须回避。

而且，州、县一律奉行"独立审判"原则，不允许请示、征求上级法司的看法；上级法司也无权干涉下级对具体案件的司法。一句话，外力可以监察、弹劾，但不能干预审判。

行文至此，一些非法律专业的读者，兴许会怀疑：这种事实审、法律审、法官判三者分离的司法制度，设计太精巧，程序太严谨，理念太先进了，怎么会出现在千年前的中国呢？我必须声明，本书不是小说，也不是剧本，以上叙述都有史可查，没有丝毫杜撰。我还要说，审、判分离的司法制度，只是大宋文明的一泓清泉，随着故事的演进，我将给读者展示一个文明的大海。尽管这只是一个序章，但它已经在中国两千年皇权专制的黑色天幕上，闪烁出"严防误判、珍惜人权"的璀璨星辉。

在电视剧《包青天》中，包公审案往往明察秋毫，当庭就能审个明明白白，然后大喝一声："堂下听判！"接着，宣读判决结果。随后又高声怒吼："虎头铡伺候——"这纯属戏说，因为宋朝任何官员都没有先斩后奏的特权，也没有什么尚方宝剑，三口铡刀更是子虚乌有，再说庭审自有推勘官负责，根本轮不到他这个首席法官出场。

在本案中，阿云对自己的行凶行为供认不讳，宋朝刑律关于恶逆罪和谋杀罪的条文也十分明确，现在就等着知州做出正式判决了。

在司法锣鼓的催促声中，本书的男一号——登州知州闪亮登场。

第四章

进士出身的知州

时任登州知州,名叫许遵,字仲涂,泗州(今安徽泗县)进士。①后来又考中了明法科,是通过科举制走上仕途的。

说起科举制,每个读过初中的中国人都不会陌生,大家对它多多少少有些认识。这是很长一段历史时期人才选拔的方式。

招揽天下英才为我所用,一直是历代统治者的头等大事。早在春秋战国时期,各诸侯国就把"任人唯才""野无遗才"作为时代要求。②但制度化的探索,首推汉代察举制。察举制又分诏举和常举。诏举是皇帝下诏,命令朝廷和地方官员举荐贤良方正、直言极谏的人才;常举是定期选拔,由各州举荐"秀才"(又叫"茂才"),由各郡举荐"孝廉"(指孝子和廉吏)。茂才可以直接担任县令;孝廉要先任郎官,然后做县令。③后来,为了防止孝

---

① 见蓬莱历史文化研究会编《光绪登州府志》卷24。
② 见[日]日比野丈夫《秦汉帝国》,四川人民出版社2019年版。
③ 见李尚英《科举史话》,社会科学文献出版社2011年版。

廉一字不识，设置了学问考试科目。到了东汉末期，由于请托盛行，察举制逐渐丧失了人才选拔功能，被讥讽为"举秀才，不知书；举孝廉，父别居。寒素清白浊如泥，高第良将怯如鸡"。①

有问题当然要改。三国时期，魏文帝曹丕采纳尚书令陈群的建议，推出了"九品中正制"。运作方式是：国家在州郡设立中正官员，按照家世门第、道德才能，把人才分成九个品级，六品以上为中、上品，可以入仕。不久，中正官被世族门阀把持，入仕标准简化成了只看门第出身，出现了"上品无寒门，下品无世族"的窘境。世族子弟就算是块木头，也能平步青云，20岁就能担任郎官；寒门子弟就算是文曲星下凡，也没有出头之日，30岁才能从办事员干起。南梁的吴均，是公认的大才子，先是"待诏著作"，后来替梁武帝编写《通史》，就因为不是世族子弟，一辈子没能实现当官梦。一手好牌，就这样被乱世小朝廷打了个稀巴烂。

在大混乱中上台的隋文帝杨坚，果断向腐朽的人才制度开刀，以科举制替代了九品中正制。开皇七年（587年），他下令开设志行修谨科、清平干济科，诏令五品以上的京官推选人才。大业三年（607年），隋炀帝杨广正式设立进士科，允许天下士子参加"试策"考试，以考试成绩作为入仕标准。简单地说，察举制是看德性取人，九品中正制是看出身取人，科举制是看试卷取人。

一千四百年来，杨广一直背着"罄南山之竹，书罪无穷；决

---

① 见〔东晋〕葛洪《抱朴子》，上海古籍出版社2020年版。

东海之波，流恶难尽"的骂名。显然，他被后代史家严重脸谱化了。实际上，杨广天赋极高，敏慧好学，富有想象力，喜欢大手笔，绝对没有史书中写的那么不堪，他所开创的科举制、开凿的大运河、完善的三省六部制、营建的东都洛阳，虽然耗尽了隋朝的精血，却也成为后来的大一统帝国享用不尽的资源。

唐朝接过了科举取士的接力棒，实行了州郡"解试"和朝廷"省试"两级考试制度。按说，这是一个比前朝更加规范的人才选拔制度。为此，我提议，大家向胸襟博大、万国来朝的唐表示祝贺。遗憾的是，我的提议无人响应，因为唐朝在科举制的庄严宫殿里，开了一个逼仄的后门，允许权贵公卿向知贡举（主考官）推荐录取人选，这个做法史称"公荐"。每到开科之年，往往尚未开考，录取名单和名次就预定好了，科举考试变成了走过场。有两个例子为证。

一个是诗人王维。杜甫写过一首诗："岐王宅里寻常见，崔九堂前几度闻？正是江南好风景，落花时节又逢君。"岐王李范，是王维到长安赶考时遇到的贵人。为能金榜题名，经岐王牵线，王维认识了又一位贵人——唐睿宗的女儿玉真公主。见到公主，王维奉上自己的诗，又现场弹了一曲琵琶，一举征服了酷爱音乐的公主。经公主推荐，王维高中状元，做了太乐丞。

另一个是诗人杜牧。杜牧托太学博士吴武陵，带着《阿房宫赋》找到了知贡举——礼部侍郎崔郾。崔郾看完赋，大加赞赏。吴博士趁机要求把杜牧录为状元。崔郾摇摇头："不瞒你说，状元已经许给他人了。"吴博士不死心："第三名总可以吧？"崔郾回答："只能是第五名。"后来，有人反映杜牧人品不好，反对把第五名给杜牧，崔郾没好气地回应反对者："我已经答应了吴君，杜牧即使是杀猪的和卖酒的，都须给他第五名。"

这种名为"公荐"，实为"请托"的恶习，一进宋朝，就被彻底禁止了。乾德元年（963年），宋太祖下诏："礼部贡举人，今后朝臣不得公荐，违者严惩不贷。"①他还设置了殿试，从知贡举手中收回了取士之权。

宋朝科举考试，有常科、特科两大类。常科，指贡举中的进士科、九经科、五经科、开元礼科、三史科、三礼科、三传科、学究科、明法科、明经科、明字科和武举。特科，指制科、童子科、博学宏词科等。其中，常科是主要科举形式，常科又以进士科为主要科目，其他各科应举和登科人数较少。

常科实行三级考试制度，每三年一次。

第一级是由各州府举行的发解试，秋天举行，所以又叫"秋贡""秋闱"。考生除了国子监下属的国子学、太学、四门学、武学等学生外，还有各州县官办学校和私立学校的学生。通过的叫解士，第一名叫解元。北宋初年全国应考人数在10万左右，每次下达解额②几千人；北宋末年应考人数达到40万，每次下达解

---

① 见〔南宋〕李焘《续资治通鉴长编》卷33，中华书局2004年版。

② 朝廷下达给各州府发解试的录取名额，类似于指标。北宋351个州，平均每个州解额30人。例如福州北宋末年应试人数为3400人，解额68人；南宋开禧三年（1207）应试人数为18000人，解额54人。

额一万多人。

　　同时举行"别头试"，就是把与考官和本州郡官员沾亲带故的考生，安排在另外的考场，由没有亲嫌关系的别试官主持考试。这一做法，类似于今天的回避考试。

　　第二级是尚书省礼部主持的考试，简称"省试"。鞭影匆匆，驿马长鸣。上万名从发解试中成功突围的士子，从接到通知之日起，就顶着秋霜、冬雪，从全国各地汇聚京城，第二年春天（一月下旬或二月上旬）参加省试，因此省试又被称为"春试""春闱"。省试实际上就决定了考生的命运——是金榜题名，还是名落孙山。考中的叫贡士，第一名叫会元。北宋末期贡士录取比例为十比一，南宋录取比例为十六比一。

　　最高一级是皇帝主持的殿试，时间是省试发榜后的一个月，即三、四月。宋朝初年，殿试要刷掉一批人。从嘉祐二年（1057）开始，殿试不再淘汰，只是排定一二三甲的名次。一甲三人，赐进士及第，北宋第一名叫状元，二、三名叫榜眼，南宋才依次称为状元、榜眼、探花；二甲若干名，赐进士出身；三甲若干名，赐同进士出身。① 他科入选者叫各科及第。殿试通过的，都称"天子门生"。如果三级考试都是第一，就叫"连中三元"。宣布进士名单时，皇帝和群臣都会行注目礼。状元及新科进士从皇宫走向

---

① 明清时期，科举制分为四级，一级叫院（州）试，考中叫秀才；二级叫乡（省）试，考中叫举人；三级叫会试（礼部主持），考中叫贡士；四级叫殿试（皇帝主持），考中叫进士。

街头时，京城往往万人空巷，达官贵人和富商豪门会蜂拥而至，纷纷从中挑选女婿。欧阳修，就是在这时被一位高官选为女婿的。

宋太祖当政时期，进士科和各科录取人数很少。开宝六年（973年）首次实行殿试，参加的贡士有233人，最终127人合格，赐进士或他科及第①。十万士子挤独木桥，最终登科比例接近千分之一，实属凤毛麟角。太平兴国二年（977年），宋太宗赵匡义②扩招，录取进士109人，他科207人，另有191人"赐及第"，取士人数达到创纪录的507人，从而宣告了一个科举取士时代的到来。据统计，两宋三百年，登科的士子超过10万人，是唐和五代登科总人数的近10倍，元代的100倍，明代的近4倍，清代的3.8倍。

问题来了，录取名额如此巨大，难保没有官员请托或考生作弊吧？

我们的担心，也是朝廷的担心。在防止官员请托和考生作弊上，朝廷煞费苦心，手段用尽。

首先，推行了"锁院制"，这是防官员"请托"的。主持考试的权知贡举、权同知贡举③、参详官、点校试卷官、监察御史等一

---

① 见〔北宋〕叶梦得《石林燕语》卷8，中华书局1984年版。
② 宋太祖赵匡胤的弟弟，后来为避哥哥的名讳，改名赵光义，开宝九年（976）登基后改名赵炅。
③ 知是长官，权是暂时，同知是副职，权同知贡举是暂时的贡举副长官。为了削弱知贡举的权力，宋太祖改变了知贡举由礼部侍郎兼任的惯例，把这一职务变成了临时的差遣——权同知贡举。

旦定下来，须在省试之前50天左右进入贡院，切断与外界的一切联系，食宿全在贡院以内。

其次是"封弥制"，这是防考生和考官联手作弊的。就是把考卷上的考生姓名、年甲、乡贯等个人信息密封，编上字号，又叫"糊名考校"。这样一来，考官在评卷时，不知道考生是何人，就算想作弊，也无从下手。

几轮考试下来，朝廷发现，"封弥制"并不能杜绝作弊，因为考官可以通过辨认笔迹或暗记，认出请托的考生。宋真宗时期，朝廷出台了"誊录制"，就是把每一份试卷，由书吏用红笔抄录成副本，然后送考官评卷。此法一出，作弊者就傻眼了。但麻烦也大了，那么多试卷，得雇佣多少书吏去抄呀？看来，为了与作弊斗争，朝廷根本不计成本。

至于答卷评定，则采用"三级考校制"。第一步是初评，由初评官评定等次。第二步是复评，将初评意见封好，送复考官定等次。第三步由编排官根据初评、复评意见确定等次，如果初评、复评意见一致，就据此定级；如果意见不同，就送另一位考官评卷，采用意见重合的等次。假如三次评卷都不同，就采用最接近三评的等次。

为了保证寒门子弟都能应考，宋太祖下令，西川、山南、荆湖的解士进京考试，可以凭"公券"免费入住官驿、使用驿马。各州县还设立了贡士庄①、贡士库②，每三年向本地贫困解士发放一次

---

① 负责管理供租佃的公田、供租赁的公屋，租金收入用于援助当地进京赴考的读书人。
② 地方政府拨出部分公款，成立一支基金，基金的利息用来资助当地应考的士子。

补助。

一系列举措的出台，受益者当然是朝中无贵人、胸中有才学的寒门学子。"庆历新政"的三位推手——宰相杜衍、参知政事（副宰相）范仲淹、右正言欧阳修都出自寒门。杜衍少年时代投靠改嫁的母亲，受到继父冷落，被迫以帮人抄书为生。范仲淹随母亲从江南改嫁到山东朱家，曾用名朱说，少年时代在山寺读书，以稀粥为食。欧阳修幼年丧父，家里穷得买不起纸笔，只好用荻草在地上练习写字。宝祐四年（1256年），南宋录取了601名进士，其中平民出身的417名。《宋史》中列传的北宋人物，出身高官的不过四分之一。"朝为田舍郎，暮登天子堂"成为可能，"取士不问家世"成为宋代一大标志。可以说，是科举制创造了开放性的士人政府、流动性的平民社会和理性化的士大夫[①]时代。

在中学语文课本中，有一篇《范进中举》，讽刺了封建科举制度对知识分子的毒害。因此，一提起科举考试，大家往往联想到"八股文"和书呆子。但宋代的科举制，不仅有严密的考试程序，而且有丰富的考试内容。

先来看进士科。省试的必考科目为诗赋、经义、论、策。其中诗、赋、论各一首，策五道，帖《论语》十帖，对《春秋》《礼记》墨义十条。诗赋，目的是考察文学才情与审美能力，唐代重

[①] 士大夫，古时指当官有职位的人，也指没有做官但有声望的读书人。

"诗赋",所以出了一批著名诗人;宋代重"经义"与"策""论",所以出了一批散文大家。经义,是从儒家经书中抽出一句话,请考生阐释其中蕴含的义理,相当于今天的论述题;试论,类似于命题作文,要求考生评论经史上的某个典故或历史人物。嘉祐二年(1057年)的论题是"刑赏忠厚之至论",典出《尚书》孔安国注文:"刑疑付轻,赏疑从众,忠厚之至。"试策,类似于申论,主考官就时务提出具体问题,让考生发表见解,所以又称"策问",考生的回答叫"对策"。熙宁四年(1071年),苏轼任开封府试官,他针对熙宁变法出现的君相专制独断苗头,出的策问题目是:"晋武平吴以独断而克,苻坚伐晋以独断而亡;齐桓专任管仲而霸,燕哙专任子之而败,事同而功异,何也?"帖经,是将经典原文的前、后句子裁去,只露出中间的一两句或一两行,要求应试者将裁去的句子填写出来,类似于今天的填空题。墨义,要求应试者答出多条经义的内容,相当于今天的默写题。应付这类考题,只能死记硬背。庆历新政中,为了突出对道德品行和实际能力的考察,先考策,再考论,三考诗赋,取消了考记忆能力的帖经和墨义。王安石变法中,干脆把诗赋也砍掉了。

进士科好比是选通用型人才,其他各科则是选专业型人才。拿许遵应考的明法科来说,需要考律令40条,《论语》《尔雅》《孝经》各20条,内容涵盖法律文化、法律制度、法律条文、法律实践四个方面,可谓今天律师资格考试和法律职业资格考试的结合版。九经科，考唐朝定下的九部儒家经典；五经科，考汉朝确定的五部儒家经典；开元礼科，考唐朝修纂的一部大型礼书，属于实用"礼学"专科考试；三礼科，考十三经中的《周礼》《仪礼》《礼记》，属于礼学理论专科考试；三史科，考《史记》《汉书》与《后汉书》《三国志》，属于历史专科考试；三传科，考《左传》《公羊传》《谷梁传》，属于经部史书专门考试；明经科，考三经，也就是大经（《礼记》《春秋左氏传》）、中经（《毛诗》《周礼》《仪礼》）、小经（《周易》《尚书》《谷梁传》《公羊传》），属于经书统考；明字科，是字学专科考试。

常科中的武举，又叫"右科"。三年一次，分比试、解试、省试、殿试四级，一般是先考骑马射箭，再考对策、"武经七书"[①]墨义。以对策的成绩定去留——决定是否录取，以骑射的成绩定高下——决定录取名次。殿试每次录取30人，依照名次分别赐武举及第、武举出身。

制科，又称大科、贤良，不是定期考试，皇帝下诏才举行，由皇帝亲自出题，是含金量最高的考试。制科有贤良方正能直言极谏科等十科。士子参加，要经地方官审查；官员参加，要经公卿举荐。先进行秘阁考试，考六道论题，每篇论要写3000字以上，还要将3000字的古文译成6000字以上的白话，难度可想而

[①] 指七本古代的经典兵书：《孙子》《吴子》《司马法》《尉缭子》《黄石公三略》《姜太公六韬》《唐李问对》。

知。合格者进入皇帝主持的御试。御试成绩分五等，前两等属于虚设，第三等与进士科第一名相当，授予京官官阶。两宋三百年，只进行过22次制科考试，成功通过的只有41人，进入第三等的共4人，苏轼是第一人。

以上考试内容，足以检验出考生的真才实学，遴选出治国理政的能臣。

遗憾的是，从明代开始，答题必须模仿古人的语气，严禁议论时事政治和自由发挥，考试内容仅限于"四书""五经"，文体一律采用八股文①，所以科举取士又被称为"八股取士"，以至于选拔出来的官员多是书呆子，对军事、财政、水利、边塞漠不关心，应付不了复杂的政务，导致科举制无辜受累。光绪三十一年（1905年），经袁世凯、张之洞等人提议，大清宣布废止科举制，代之以新式学堂。话又说回来，被大清废止的科举制并非宋代的科举制，科举制僵化这个锅，不能甩给宋朝。

相反，对于科举制带来的人才井喷、群英荟萃景象，北宋第三任皇帝——宋真宗赵恒既志得意满，又感慨万千。为了勉励莘莘学子苦读诗书，他挥毫写了一首让历代寒门学子心潮涌动的诗，题目叫《劝学诗》：

---

① 明、清时代科举考试的标准文体，由破题、承题、起讲、入题、起股、中股、后股、束股八部分组成，题目一律出自"四书""五经"的原文。后四个部分每部分有两股排比对偶的文字，合起来共八股。文章要以孔子、孟子的口气说话，对书经的解释只能以朱熹的注解为准，不能自由发挥。

富家不用买良田，书中自有千钟粟。
安居不用架高堂，书中自有黄金屋。
出门莫恨无人随，书中车马多如簇。
娶妻莫恨无良媒，书中自有颜如玉。
男儿欲遂平生志，五经勤向窗前读。

说到这里，有心的读者或许会举手提问：尽管宋太宗之后科举扩招了，但登科的毕竟还是少数，那么考不上的怎么办？平民子弟考不上可以继续种地，官宦子弟考不上呢，难道也让他们去种地吗？

这个问题问得好，宋朝还真的为官宦子弟留了一个出口。

第五章

恩　荫

这个出口，叫恩荫。

恩荫，又称任子、门荫、荫补、世赏。用一句俗话，就是"大树底下好乘凉"。它是上古世袭制的一种做法，是先秦世卿世禄制度的一个变种。广义的恩荫，是指因祖辈、父辈有功，朝廷在其子孙后代入学、入仕、官阶等方面给予的特殊待遇。狭义的恩荫，特指宋代的门荫制度，全称"推恩荫补"。在科举之外，中高级文武官员的子弟、亲属及其门客，承恩特许入贵族学院——国子学①读书并入仕。

宋朝的恩荫分为五种：第一，圣节荫补。皇帝每年过生日，对在规定范围内的官员子弟给予荫补。第二，大礼荫补。皇帝进

---

① 国子监下设的其中一个学院，入学者必须是七品以上官员的子弟，是当时的贵族学院。而国子监下设的太学入学者，是七品以下官员子弟和平民子弟。

行三年一次的郊祀①时，对符合规定的人员予以荫补。第三，致仕荫补。朝廷官员告老退休时，文官七品以上荫一个儿子享受俸禄，称为"恩荫生"。第四，遗表荫补。文官任太中大夫（从四品上）以上、武官任观察使（正五品）以上，去世时上遗表一次，可给予一次性恩荫，文官荫补12人，授文散官②；武官荫补9人，授武散官。第五，特恩荫补。皇帝以奖励军功、抚恤将军、昭雪沉冤、褒扬忠烈等名义，随时下诏荫补。譬如杨业绝食殉国后，宋太宗把他的五个儿子荫补为官。

北宋还规定，三公、宰相的儿子，可以荫补担任六部二十四司员外郎或寺丞（正五品到正六品），为京朝官；副宰相的儿子，可以恩荫担任太祝或奉礼郎（从八品），也是京朝官；宰相还可以恩荫外戚、门客、门生、家庭医生。

就这样，一批又一批的宫室子弟、官员亲随成为散官甚至职官，恩荫人数超过了有出身③的人数。以嘉定六年（1213年）

---

① 依照《周礼》《礼记》《仪礼》，上天是万物的主宰，天子承上天之意统治万民，必须敬畏上天，因此三年一次在都城南郊设立祭坛，君王在祭坛上恭敬地祭祀上天，向上天表示谢意，称为"郊祀"。这一仪式是天子的特权，也是皇权正统性的象征，参加仪式的贵族与大臣全都有赏赐，不是赏官就是赏钱。

② 宋朝实行官、职、差遣分离的制度。官，又称散官、阶官、寄禄官，表示官阶、品级、俸禄，并不执掌实权；职，是加官虚衔，属于名誉称号；差遣，又称职事官，是握有实权、负有实际责任的官员。宋代，文散官从开府仪同三司（从一品）到将仕郎（从九品下），共29阶；武散官从骠骑大将军（从一品）到陪戎校尉（从九品），共31阶。

③ 通过科举考中进士和各科的官员，叫有出身；恩荫官是没有出身的官员。

为例，全国文臣京朝官2392人，有出身的975人，占40.8%；武职京朝官3866人，其中武举77人，仅占2%；幕职州县官17006人，有出身的4325人，占四分之一；武职低级官员15606人，其中武举415人，仅占2.7%，其余都是恩荫官。这些恩荫官，不乏好吃懒做、惹是生非的官二代，有的还成了当地一霸。

小说《水浒传》第七回，写到了一个官二代——高衙内。他首次出场，就是在东岳庙里调戏林冲的娘子：

> 林冲别了智深，急跳过墙缺，和锦儿径奔岳庙里来。抢到五岳楼看时，见了数个人拿着弹弓、吹筒、粘竿，都立在栏杆边。胡梯上一个年小的后生，独自背立着，把林冲的娘子拦着道："你且上楼去，和你说话。"林冲娘子红了脸道："清平世界，是何道理，把良人调戏！"林冲赶到跟前，把那后生肩胛只一扳过来，喝道："调戏良人妻子，当得何罪！"恰待下拳打时，认的是本管高太尉螟蛉之子高衙内。原来高俅新发迹，不曾有亲儿，无人帮助，因此过房这高阿叔高三郎儿子在房内为子。本是叔伯弟兄，却与他做干儿子，因此高太尉爱惜他。那厮在东京倚势豪强，专一爱淫垢人家妻女。京师人惧怕他权势，谁敢与他争口，叫他做花花太岁。

清代有一出宫廷戏，叫《拿高登》。说的也是高俅的儿子——小衙内高登，带着家丁在郊外游玩，遇到了一位梁山好汉的妹妹徐佩珠。小衙内见她貌美如花，便指挥家丁将她抢回府中。中国古戏有个套路，人物登场时，往往先来一段自白。鼻子上涂着白粉的高登一出场，便以四句摇板开唱："我父在朝为首相，亚赛东京小宋王，人来带马会场上，顺者昌来逆者亡。"

显然，以上都是小说家言和戏剧演绎，意在恶心高俅。您想啊，高俅再不靠谱，也不至于认堂弟做干儿子吧，亏施耐庵想得出来。真实的高俅，原本是苏轼的小吏，为人乖巧，不仅会蹴鞠、书法，还会点儿武术。苏轼离京外放时，把他推荐给了一位朋友——宋神宗的妹夫王诜，继而结识了端王赵佶——后来的宋徽宗，成了端王的玩伴，在赵佶登基后当上了太尉。他哪里会带兵，只会搞花架子，结果造成军队成为摆设，在金兵面前一败再败。他有三个亲生儿子，分别叫高尧康、高尧辅、高柄，也都靠恩荫当上了官。可惜，我没查到这三个官二代的劣迹。

有劣迹的官二代，姓赵，大名赵仁恕。他的父亲叫赵彦若，时任翰林学士、侍读，属于宋哲宗的近臣兼老师。而且，赵彦若与宰相刘挚是姻亲，赵彦若的二儿子娶了刘挚的女儿，刘挚的儿子也娶了赵彦若的女儿。换句话说，赵仁恕是如假包换的衙内。

依靠父亲的恩荫，赵仁恕当上了阳翟（今河南禹州市）知县。他身为一县之长，不是想着如何报答皇恩，力所能及地做点好事，而是"一朝权在手，便把令来行"。后来，京西路提刑官锺浚查实了他的劣迹，主要涉及"贪"——监守自盗官钱，"抢"——强雇几十名民女为奴婢，"恶"——发明了木驴、木挟、木蒸饼、石匣等刑具，对疑犯严刑逼供。① 他常常一边喝着小酒，一边用瓦片刮疑犯的伤口，看疑犯鲜血流淌，听疑犯高声惨叫。

锺浚将赵衙内的罪状呈报到朝廷，朝廷责成颍昌府成立了临时法庭——制勘院，对赵仁恕立案调查。按照惯例，赵仁恕的父亲理应躲在家里避嫌，夹起尾巴做人。但赵彦若救儿心切，给皇帝打了一个报告："臣过去当过谏官，弹劾过王安礼，锺浚是王安礼的同党，恐怕会挟嫌报复，请求异地审理我儿。"

考虑到涉案人数多，无法异地审理，赵彦若的面子又不能不给，朝廷便采取了折中的办法：委任邻县的知县孟易为制勘院法官，主持审理赵仁恕案。然而，孟易见风使舵，在审理中只采信了部分证据，审理结果与提刑官推勘大有出入。

接下来，录问官对孟易的审理结果上疏反驳，朝廷只好另派法官审理，审了近一年仍不能结案，最后由大理寺与刑部做出裁决，认定了赵仁恕的部分犯罪事实，给予撤职除名处分，并罚红铜十斤。

一时间，群情激奋，众议汹汹，多名台谏官上疏，要求还司法一个公正。台谏的意见集中在三点：赵仁恕"酷虐贪赃，犯状甚明"，必须严惩；主审官孟易"观望事势，出入人罪"，也应处罚；赵彦若"欲示人以形势，动摇狱情"，罪不可赦。

迫于压力，赵仁恕案不得不改判，增刑为在陈州编管（监视

---

① 见〔南宋〕李焘《续资治通鉴长编》中监察御史安鼎对赵仁恕的弹劾书。

居住）。台谏官不依不饶，坚持弹劾赵彦若，直到皇帝下诏：罢去赵彦若翰林学士、侍读，改任闲职，并在一个月后将他送回了山东临淄老家。就连刘挚也因为替姻亲打抱不平，受到台谏官弹劾，灰溜溜地作别了相位。

当然，宋代恶衙内不会只有赵仁恕。北宋参知政事吕惠卿的弟弟吕升卿，也是一方恶霸，竟敢指使知县强买民田。南宋参知政事李彦颖的儿子，也横行一方，曾在闹市区把人活活打死。

不过，这两个恶霸，最终难逃法网。吕升卿强买民田一事，被御史中丞邓绾检举揭发，吕惠卿也因此受到弹劾，被罢去参知政事。李彦颖则因为儿子打死人，受到谏官弹劾，被降为闲职。看来，官宦子弟的身份与背景，并不能成为他们的挡箭牌，相反会让家人因此受到牵连。

如此看来，宋代的恩荫，并未让官二代产生多少优越感，更没有出现元朝蒙古贵族子弟、大清八旗子弟那样的群体性斗殴事件。因此，我建议大家不要被小说和戏剧带歪。

而且，个别宋朝高官并不买恩荫这个账。

宋太宗时期有个河南人，叫吕蒙正，33岁考中状元，44岁拜相。拜相那年，他的儿子还在牙牙学语，也将按惯例被恩荫为正五品。一天，他对宋太宗说："我当年高中状元，第一次授官是九品，况且天下才俊终老于民间、未获朝廷赏识的大有人在，现在如果让一个刚离开襁褓的小子，沾宰相老子的光，得到五品官秩，恐怕他无福消受，反损了他的福德，请荫补一个九品官秩就可以了。"正好，宋太宗早就想对这一前朝惯例动手术，便借坡下驴，答应了他的呈请，当众宣布："自此，宰相之子恩荫九品，成为定制。"

庆历三年（1043年）十一月，宋仁宗下达《任子诏》，规定对荫补人进行铨试①。要求荫补人不仅熟悉儒家经义，还要学会国家法律条文，这使得官僚子弟不能轻易注官。

而且，恩荫官升迁比有出身的人要慢。宋代，职官一年一"考"，即对官员的德行、才干、劳效每年进行一次综合考查。从九品的将仕郎升阶为正九品的从政郎，有出身的"三考"，没有出身的"四考"。这是说，进士出身的官员三年升阶，恩荫官要熬够四年才可以升阶。

恩荫官的上升渠道也受到限制。宋朝规定，荫补官不得担任台谏官、两制官、经筵官、史官、外交官。如此一来，有机会升到高层的恩荫官极其罕见。唐恕，是副宰相唐介的孙子，也是陆游母亲的堂兄弟、陆游夫人唐琬的伯父。他靠恩荫入仕后，当过知县，因为不肯巴结上级而辞职。靖康元年（1126年），他被宋钦宗诏命为监察御史，御史中丞陈过庭上疏反对，理由是："自从宋太祖订立规矩以来，本台僚属不是进士出身的，从未出现过。以荫补入台，有违祖宗条例。恐怕此例一开，纨绔子弟中想

---

① 中下级文官的铨试和年度考核，由审官院负责，后来分为审官东院、流内铨；中下级武官的铨试和年度考核，由三班院负责，后来分为审官西院、三班院。

当官的人，就要从这里走上宰相高位了，建议将唐恕转任其他职务。"史书上说，皇帝的这一任命"遂寝"。令人感佩的是，唐恕遗传了祖父宁折不弯的品格，以病弱为由谢绝了朝廷赐予的其他职务，后来病死在家中。

其实，要想破例，不是没有办法。南宋的做法是，要提拔荫补官担任台谏官，先由皇帝赐进士出身。① 但是，那要多大的面子呀。

据说，宋代官员聚会小酌，见面第一句话，便是"敢问兄台出身？"意思是，您是进士出身，还是他科出身？如果是嘉祐某年同进士出身，会说："愚弟不才，嘉祐同进士。"如果是庆历某年五经及第，会答："小弟愚钝，庆历五经。"然而如果是恩荫官，没有"出身"，只能红着一张脸打哈哈。

恩荫官一般不会到进士圈里凑热闹，如果非要进圈，遇到有涵养的还好说，一旦遇到口无遮拦的，难保不被人当猴耍。

于是，一些有才华、有骨气的官宦子弟，"以进士为胜，以资荫为慊"②，宁愿放弃荫补，像寒门学子一样面壁苦读，选择走科举入仕之路，让自己有一个堂堂正正的"出身"。

宰相李昉③的儿子李宗谔，对靠恩荫入仕深感羞耻，自作主

---

① 见〔清〕徐松《宋会要辑稿》职官55，中华书局1957年版。
② 见〔宋〕杨时《龟山先生集》卷13《语录》，凤凰出版社2018年版。
③ 李昉，字明远，今河北饶阳县人，恩荫入仕后又进士及第，是宋朝初年的一位著名宰相，主持编辑了《太平御览》《太平广记》《文苑英华》。

张参加了乡试，最终进士及第，后来出任右谏议大夫、翰林学士。

瀛洲团练使张藏英的孙子张鉴，少年时代荫补为供奉官，随后在山中苦读十几年，终于考中进士，后来担任了殿中侍御史、左谏议大夫，成了一名杰出的台谏官。

太尉吕夷简的二儿子吕公弼，靠恩荫入仕后，又在科举考试中考中二甲，赐进士出身，后来成为枢密使；三儿子吕公著，靠恩荫为官后，又参加科举考试，考中一甲，赐进士及第，最终成为一代名相；四儿子吕公孺也参加了科举考试，赐进士出身，后来担任了知开封府、户部尚书。只有大儿子吕公绰，荫补为官后没有参加科考，但是参加了召试①，后来成为翰林侍读学士，他还有一手好书法，今台北故宫博物院藏有他的尺牍《人事匆匆帖》。

当各位读者浏览完科举制与恩荫，会发现一个问题：许多考中进士有了"出身"的人，也包括一些荫补人，后来当了知县、知州、知府，也就是本辖区的首席法官，这就好比让一个"法盲"决定人的生死，不就是草菅人命吗？

---

① 也叫召对，指皇帝的面试。

第六章

大宋官员是"法盲"吗？

不仅读者会发现这个问题，德国社会学家韦伯也公开指责中国古代官员不懂法。他说，传统中国官员是非专业性的，是士大夫出身，受过古典人文教育，但没有任何行政和法律知识，只能舞文弄墨，诠释经典，不亲自处理政务，政务一般掌握在幕僚——师爷手中。

长期以来，许多人受到韦伯式历史叙述的误导，认为中国古代官员是一群只会吟诗作赋的文人，是拿着俸禄不干事的官僚，是凭着感觉和好恶判案的"法盲"。

以上情况，在某些朝代确实不同程度地存在过。但直觉告诉我，大宋不会这样干，因为这是一个重视法令的时代。宋人自己宣称："过去的士大夫以诗书为本，法律为末；而本朝以法律为实，诗书为名。"① 宋太宗曾经下诏："朝臣、京官及幕职县官等，今后

---

① 见〔北宋〕秦观《淮海集笺注》卷14，上海古籍出版社2000年版。

并须习读法令。"① 朝廷认为，既然本朝行政与司法合一，各地长官都兼任首席法官，就必须保证他们不是"法盲"。

那么，用什么来保证呢？想来想去，最好的办法莫过于考试。大宋的司法考试制度，共有五种。

一是"出官试"，也就是入职考试。当你考中了进士，或者荫补为官，只是具备了担任官员的资格。要想走上官员实职岗位，必须参加出官试。

宋朝规定："今后进士及第，并诗律令大义、断案，据等第注官。"意思是，进士及第的京朝官、幕职州县官，都需要参加吏部的铨试，考律令大义、断案，然后根据考试等次授予官职。

铨试每年考两次，考选比例是10人选7人。如果屡次考试不合格或者不能参加考试，那要等候三年才能授予官职。

不过，科举及第的人，有两种情况可以直接授官，一是进士高第，指一甲三名的状元、榜眼、探花，由中书省直接授予京官序列的通判；二是制科入等——制科三等，直接授予京官序列的签判。② 在这里，我要揭一下苏轼、苏辙兄弟的短，由于兄弟二人在殿试中未能进入一甲三名，不得不参加吏部的铨试，很遗憾，二人都没过关。三年后，二人一发狠，一起参加了制科考试，苏轼因为考中最高等——三等，被任命为签判；苏辙也因为考

---

① 见《宋大诏令集》卷200，中华书局1962年版。
② 据〔北宋〕蔡惇《祖宗官制旧典》。

中下等——四等次，被任命为推官。

庆历新政规定，荫补的选人，25岁以上的，可报名参加铨试，考策论、诗赋时，词理通顺即为合格；考律义10道，答对5道为合格，考试合格者出任职官。荫补的京朝官，也就是高级官员子弟，25岁以上的，每年赴国子监报名应试，考试内容与荫补选人相同，合格者授予差遣。针对官僚集体的强烈抵制，宋仁宗于庆历五年（1045年）稍稍做了一些妥协，规定：荫补京朝官免铨试；荫补选人屡试不中的，年满40岁，只要能读通律文，也可以授官。

后来的王安石变法，对铨试法做了大规模改革，扩大了应试范围，除要求荫补选人应试外，在任的幕职州县官以及进士出身的守选官员，若想升迁改资，必须应试。官员犯私罪受到处分又复职的，也需要应试。新的铨试法不再考诗赋，改考断案2道，律令大义5道，时议3道，目的是选拔实用之才，而不是舞文弄墨之辈。荫补选人考试成绩优等者，还可被赐进士出身。

对于"出官试"，宋代朝野人士评论说："非中铨试不许出官，此近世之至良法。"① 意思是，法律考试不过关不许担任官员，这是近几代最好的制度。

二是"试法官"，也叫试刑法、试刑名。类似今天的法律职业资格考试，由大理寺和刑部主持，不仅转任中高级法官的人必

---

① 见〔清〕徐松辑《宋会要辑稿·选举》，上海古籍出版社2014年版。

考，州一级的司法参军、司理参军、录事参军也要过这一关。只有一种情况可以免试，就是明法科及第的人。

这一考试，每次考六场，一天考一场。其中一场考《刑统》大义5道，五场考刑名案例判决，每一场刑名判决考10到15个案例。后来还增加了考察经义的内容，目的是增加法官的人文精神，防止法官沦为不通情理的"法匠"。考试总分10分，成绩必须达到8分，而且对重罪案例的判决没有失误，才算过关。

熙宁三年（1070年）规定，试法官考试成绩分为三等。第一等，选人可改为京朝官，京朝官可升一阶，并可以补审刑院、大理寺、刑部官位。第二等，选人可免铨试，由吏部直接授官，并升一资；京朝官减两年磨勘。第三等，选人免铨试，京朝官减一年磨勘，法官职位如有空缺可以替补。

三是武臣呈试法。宋朝武官的出官、转任、升迁考试，被称为"呈试"。元丰元年（1078年），中书省颁布《大小使臣呈试弓马艺业出官试格》，除了考察武艺兵法之外，还要测验律令知识。10道律令大义答对7道以上才能位列第一等，答对5道以上进入第二等，答对3道以上进入第三等。武臣试律令的制度，提升了武官的法律素养。

四是吏人法律考试。吏人尽管没有官阶，但他们周旋于官员之间，时常对官府的决策产生影响，有时甚至直接参与决策，因此宋朝通过设立吏人法律考试制度，有效激发了吏人学法用法的主动性。熙宁八年（1075年）朝廷下诏，由监司每三年一次，组织各路愿意参试的吏人进行法律考试，取前三名到京师与朝廷各司吏人一同考试，取前十名担任御史台的主推、书吏或审刑院、纠察司中的书令史等职。成绩优秀的，还可以由法吏转为法官。

五是摄官考选制度。宋代，两广地区地处偏远，交通不便，文化落后，当地士人在科举中难以与内陆士人抗衡，因此他们很难步入官场。内陆官员又不愿赴两广地区任职。于是，宋朝因地制宜，任用一批在省试中落榜的解子和恩荫的文散官，担任当地州县幕职官，这些人被称为"摄官"。但若想成为摄官，这些解子和散官，仍需参加法律考试，合格后才能上任。熙宁三年（1070年）朝廷规定，由两广转运司每两年组织一次考试，考试分为五场，考公案5道、刑名57件，以多数通过者为合格，对参试人员不限考试次数，允许不合格者再次应试。①

一系列的法律考试，意义显而易见。直接的意义在于，筛掉了大量冗官，缓解了"十羊九牧""官多差少"的矛盾。深层次的意义在于，督促官员学法懂法用法，提高了法律在官员心目中的地位。具体的意义在于，对于有出身的人来说，不仅要具备文化和专业知识，还必须具有较高的法律素养、法治思维和司法水平；对于大量恩荫官来说，法律考试是获得差遣的一个门槛，挡住了不学无术之人和目无法纪之人，逼着他们提升礼仪和法律素

---

① 见苗书梅《宋代官员选任和管理制度》，河南大学出版社1996年版。

质；即便是小小的吏人，也必须学法懂法，不能胡作非为。

请大家判断一下，从一关又一关的文化、法律考试中闯过来的大宋官员，有可能是"法盲"吗？那些从六天的"试法官"中考出来的司法官，有可能不会判案吗？

面对阿云案案卷的许遵就更不一般了。他既考中了进士，又考中了明法科，既精通儒家义理，又通晓法理法条，既有担任长兴（今属浙江）知县、宿州（今属安徽）知州的行政长官经历，又有担任大理寺详断官的专业司法经历，先后处理过大量疑难案件，由这样的人来判决阿云案，应该比较靠谱吧？

第七章

看他怎么判

知州许遵的判决,出乎很多专业人士的意料。他在判案过程中,发现了两个足以影响判决结果的细节,并因此把一个几乎板上钉钉的死刑案,判成了"铁树开花"。

一个细节是,"阿云于母服内与韦大订婚,纳彩之日,母服未除"。纳彩,是指男方在迎娶女方前的一个月,把结婚日子提前通知女方家庭,并由媒人把彩礼送给女方。如此看来,阿云与韦大订婚时,还在为母亲服丧。《宋刑统·户婚律》的"居丧嫁娶"条规定:"诸居父母及夫丧而嫁娶者,徒三年;妾,减三等。各离之。"[1] 意思是,在父母、丈夫的丧期内娶妻或嫁人的,判三年徒刑,妾减三等处罚,双方离婚。

按照这一法条,无论阿云是否过门,她与韦大的婚姻关系在法律上都是无效的。因此许遵认为,阿云的"谋杀"对象韦大,

---

[1] 见〔北宋〕窦仪等详定、岳纯之校正《宋刑统校正》,北京大学出版社2015年版。

应是与阿云没有法定亲属关系的"凡人"——法律上的"普通人"和"陌生人",而不是"丈夫",不适用"十恶"中的"恶逆"条款,只适用一般的"谋杀"条款。这样一来,阿云谋杀韦大案,就由适用斩刑的"恶逆罪",转化为普通的"谋杀罪"。

另一个细节是,《宋刑统·名例律》的"犯罪已发未发自首"条有一个"议":"犯罪之徒知人欲告及案问欲举而自首陈,及逃亡之人,并叛已上道,此类事发归首者,各得减罪二等坐之。"其中的"案问欲举",意思是犯罪之徒被抓时,官府尚未取得完整的罪证。"案问欲举"招供的,算自首,按法定刑罚减轻二等判决。

与律——《宋刑统》具有同等效力的,还有敕,又叫诏敕、制敕,也就是皇帝的诏书。律,是国家的制定法,具有稳定性、综合性、权威性,是法律体系的主干;敕,是皇帝因人因事临时发布的诏书,既具有最高法律效力,也有补充、修订律的功能。在司法实践中,依律断案是法定要求,律上查不到的,就可以依据敕令格式。因此,《宋史·职官志》说:"凡断狱本于律,律所不及,以敕令格式定之。"

《嘉祐编敕》①规定:犯了罪的人,因为怀疑被抓,在官府还没有掌握赃物和罪证的情况下,或者同案犯被抓获,还没有被指

---

① 嘉祐是宋真宗使用的最后一个年号。《嘉祐编敕》,是对宋真宗嘉祐年间发布的诏敕的汇编。敕,也是一种法律形式,是对《宋刑统》的补充与修订。

证的情况下，一经诘问便承认所犯罪行的，可以按照"案问欲举"自首予以减刑。如果已经诘问，仍旧隐瞒罪行的，不在自首减刑的范围。

那么，阿云是否符合"案问欲举"的自首情节呢？案卷上记载得很清楚："吏求盗弗得，疑云所为，执而诘之，欲加讯掠，乃吐实。"还记载："县尉令弓手勾到阿云，问：'是你斫伤本夫，实道来，不打你。'阿云遂具实招。"这两处记载都证实，缉拿、诘问阿云的，是县尉及其手下的差役。宋代，县尉及其手下，类似于今天的刑警，他们对于疑犯的诘问，在法律上叫"讯问"，属于进入司法程序前的刑事侦查，并不是司法程序中的"审讯"。依照宋朝司法制度，县尉不能参与推勘，推勘是鞫司的职权。换一句话说，阿云向县尉及其手下坦白交代时，尚未进入司法程序，属于"案问欲举"的自首。

依据以上两个细节，许遵做出判决：阿云与韦大订立婚约时，还在为母亲守孝，应以"凡人"论处，不适用"恶逆"条；阿云"案问欲举"可算自首，按朝廷律法，应当减谋杀罪二等论，判流刑两千五百里；又按照折杖法，"流刑两千五百里"折"脊杖十八，配役一年"。①

折杖法，是宋太祖为改变五代严苛的刑罚，命令吏部尚书张昭等人在唐朝五刑制度的基础上，创立的一套变相减轻刑罚的法

---

① 见〔元〕马端临《文献通考》卷170，中华书局2006年版。

律制度。依照折杖法，除了死刑以外，笞刑、杖刑、徒刑、流刑均折算成臀杖或脊杖。《宋刑统·名例律》中"流刑三"的换算方法是，流刑折算成脊杖，杖后就地配役，具体分四种情况：加役流刑，脊杖二十，配役三年；流刑三千里，脊杖二十，配役一年；流刑两千五百里，脊杖十八，配役一年；流刑两千里，脊杖十七，配役一年。

也就是说，阿云不必流放两千五百里了，但要挨十八脊杖。脊杖，是比臀杖严重的一种杖刑。臀杖只击打人的屁股，一般不会将人打伤；而脊杖一般会将脊背打出血，容易把人打残。《三国演义》中的黄盖，在"苦肉计"中被周瑜打了五十脊杖，结果皮开肉绽，鲜血直流，一连昏过去好几次。

按照折杖法，阿云挨完脊杖，还须配役。从字面看，配役似乎是服苦役。其实，配役又称刺配，指在脸上刺上字，涂上墨，然后去服军役（编入军籍）或劳役（煮盐、酿酒、烧窑、开矿、炼铁等）。它源于远古"五刑"①之一的墨刑，是对犯人的一种精神羞辱。北宋初年，为了宽待某些死刑重罪，开始使用后晋时期创立的这种刑罚。《水浒传》中的宋江、林冲、杨志、武松，都被判了刺配，其中的军人则是配隶刑——也就是发配到边关充军，

---

① 先秦的五刑是指墨（在脸上刺字并涂上颜色）、劓（割掉鼻子）、剕（锯去双脚）、宫（男人阉割，女人幽闭）、大辟（死刑）。从隋朝开始，改为笞（以小竹板击打）、杖（以荆条和大竹板击打）、徒（剥夺人身自由，监禁在固定场所强制劳动）、流（流放边远地区服劳役）、死"新五刑"。

好比脸上刻着"我是罪犯"的标签,根本无法在社会上抬起头来,这也是他们被"逼上梁山"的重要原因。

《水浒传》中的武松杀人案,最终判决结果与阿云案有些类似。作者施耐庵生活在元代,但出生在泰州,长期生活在盐城一带,这一带受南宋统治多年,所以他在写武松杀嫂时,是按照宋朝法律和儒学传统来写的。在宋朝,兄弟之间不具备血亲复仇的基础,但武松父母早亡,他是由哥哥武大养大的,长兄如父,就具备了礼法要求的血亲复仇的前提。武松在回阳谷县探亲时,了解到武大死得蹊跷,直接到县衙鸣冤。知县收了西门庆的银子,判定武大属于病死,驳回了武松的请求,武松这才不得不走个人复仇之路。武松深谙朝廷法律,因此没有盲目下手,他先是找了验尸的仵作何九,通过武大的遗骨证明是中毒而死;然后找来左邻右舍做证人,通过王婆确认了潘金莲杀人,潘金莲也承认王婆协助了她。证人证言、证物齐全,并让潘金莲和王婆录了口供,按了手印,武松这才动手杀了潘金莲。杀人之后,他并没有逃走,而是带着哥哥被谋杀的证据到公堂投案自首。东平府①尹陈文昭承认了武松血亲复仇的正当性,考虑到了他的自首情节,然后对

---

① 在宋代,府是与州同级。府又分京府与次府,京府是首都和陪都所在地,其余的是次府。府都是从州升上来的,多是皇帝尚未继位时所封的地方或者任职的地方。如赵匡胤曾任归德军节度使,他建立宋朝后,把归德军所在地宋州(今河南商丘市)升为应天府;宋太宗曾被封为晋王,他继位后升晋州(今山西临汾市)为平阳府;宋英宗曾任齐州(今山东济南市)防御使,他继位后升齐州为济南府;宋哲宗曾任天平军节度使,他继位后升天平军所在地郓州(今山东东平县)为东平府。

他杀人一案从轻判决为："脊杖四十，刺配孟州"。说起来，这样一个判决，武松是事先预料到的，因而是可以接受的。至于他被逼上梁山，则是后来的事了。

但阿云对于这一判决，或许是难以接受的，并有可能心凉如冰，因为她既要挨脊杖，又要服劳役，还要刺面颊，等于受了三个刑，尤其是一个女孩子在脸上刺上字，这一辈子就废了。

岂不知，案子并没有完。

第八章

判决被推翻

按照宋朝司法程序，州一级对徒刑以上案件做出判决后，须报路一级审核。

宋朝的地方行政区共有三级，分别是路、州（府、军、监①）、县。路相当于如今的省。北宋设置了15个路，今山东境内有两个路，一个是京东西路，管理今山东西半部、河南东部、江苏北部、安徽小部；一个是京东东路（路所在今山东青州市），管理今山东中部与东半部、江苏北部，辖一府七州一军，分别是济南府、淄州（州治在今山东淄博市淄川区）、青州、潍州（州治在北海县，今山东潍坊市潍城区）、莱州、登州、密州（州治在今山东诸城市）、沂州（州治在今山东临沂市）、淮阳军（军治在下邳县，今江苏邳州市）。

---

① 宋朝的监，是矿冶工业或国家铸钱工厂的所在地，长官兼管收税和工厂，一般只有一个县的范围。

路，实际上是朝廷派出机构，权力一分为四，长官是经略安抚使（南宋称帅司），负责监管一路军政；转运使（南宋称漕司），负责监管一路或几路财赋；提点刑狱使（南宋称宪司），负责监管地方司法；提举常平使，负责赈灾和盐铁专卖。四机关不互统属又互相监督，都直接听命于朝廷。

路一级的提点刑狱司，相当于中央派驻地方的高级巡回法院，负责监督所辖州县的审判活动，审核地方重大案件，如有疑狱和拖延未决的案件，可亲赴州县审问，对辖区内的死刑案拥有终审权和核准权。提点刑狱使，为正三品。

尽管提点刑狱司有终审权，但个别情况除外。《宋史·刑法志》记载，遇到"刑名疑虑、情理可悯、尸不经验、杀人无证"四种情况，准许向上奏裁，这叫"疑狱奏谳"。

当时的京东东路提点刑狱使，看到许遵关于阿云案的判决大吃一惊，这本来是一宗谋杀亲夫案，起码也是一宗谋杀已伤案，怎么会只判十八脊杖，这也太离奇了吧？于是，他以此案存有"刑名疑虑"为由，呈报朝廷司法机构复核。

就这样，看似普通的阿云案，来到了朝廷层面。

当时的朝廷，设有三个司法机构，分别是大理寺、审刑院、刑部。

大理寺，是朝廷审判机关，专门负责刑狱案件的审理，相当于今天的最高人民法院。长官是大理寺卿，从三品；副长官是两名大理寺少卿，从四品上。配备大理寺正二人，从五品下；大理寺丞六人，从六品上；详断官八人，由熟悉法令的京官兼任。下设两个法院，一个是左断刑，负责详断天下疑案和文武官员犯罪案；一个是右治狱，负责审理发生在京城的刑案和诏狱。为了体现鞫谳分司原则，左断刑又细分为断司（推勘司）、议司（检法司），右治狱也细分为左右推（推勘司）、检法案（检法司）。

审刑院，也称"宫中审刑院"，是宋朝初期设立的重案复核机关，主要职责是监督大理寺和刑部。元丰改制时，审刑院并入刑部。审刑院长官是知院事，由皇帝指派亲信大臣或高级官员担任。设详议官六名，由熟悉法令的京官担任。

刑部，在宋初职权范围较窄，只负责审核大辟案和官员犯罪案。下设两个厅，左厅管"详覆"——复审案件，右厅管"叙雪"——昭雪冤屈、平反罪名。长官是刑部尚书、权刑部尚书，正三品；副长官是刑部侍郎，正四品下；各司郎中，从五品上；各司员外郎，从六品上。

按照复核程序，需要朝廷复核的案件，先送审刑院详议官"略观大情"，相当于替皇帝把了一道关，因为大理寺审什么案子，皇帝必须知道。审刑院把关后，送大理寺详断官作出终审裁决，之后再次送审刑院详议官审核。如果审刑院没有异议，就由审刑院和大理寺联署上呈皇帝。由于阿云案不涉及斩首以上的刑罚，所以刑部没有参与意见。

为了提高司法效率，宋朝对于审判期限有明文规定。宋太祖时期规定，凡是大理寺审判的案件，大事不超过25天，中事不超过20天，小事不超过10天。审刑院复核的案件，大事不超过15天，中事不超过10天，小事不超过5天。宋哲宗时期规定，20缗以上的案件为大事，10缗以上的为中事，不满10缗的为小事，大理寺、刑部复审案件大事为12天，中事为9天，小事为4天。

接下来，大理寺、审刑院分别对许遵呈报的案件资料作了详细审查，不约而同地认同了阿云以"凡人"论，不适用"恶逆"的判断。但是，他们却不同意许遵作出的阿云"案问自首减刑二等"的观点。

明明是"案问欲举"，为什么不适用"自首"呢？这两个法司援引了《宋刑统·名例律》中"犯罪已发未发自首"条规定："于人损伤，于物不可备偿，即事发逃亡，并不在自首之列"。其中对"于人损伤"还有一条"议"："损，谓损人身体；伤，谓见血为伤。"因此，阿云的行为符合"谋杀已伤"的犯罪要件，不适用自首减刑二等的规定。也就是说，即便阿云与韦大的婚姻无效，她没有犯"恶逆"罪，但她蓄意谋杀对方，造成了对方受伤流血，不算自首，须按"谋杀"罪论处。

最终，两个司法机构提出的复核意见是：依照《宋刑统·贼盗律》中"谋杀致人受伤的，判绞刑"的法条，阿云应当判处绞刑。但在判决时又留了一个尾巴：鉴于阿云案有"违律为婚"的情节，她犯案又与这宗违律婚姻有关，本案在情理上还有值得商榷之处，因此呈请皇帝敕裁。言外之意，阿云按照法律规定应该处死，但从情理上考虑，砍一个手指就以死抵偿，似乎有些过了，可法律就是这么定的，我们爱莫能助，请皇帝看着办吧。

就这样，皮球踢给了皇帝。

为什么把球踢给皇帝呢？估计是因为当朝皇帝"神"吧。在历史上，他被称为宋神宗。

第九章

宋神宗"神"吗?

当朝皇帝名叫赵顼,是宋英宗赵曙的长子,治平四年(1067年)继帝位,年仅19岁;元丰八年(1085年)驾崩,时年38岁。庙号神宗,谥号英文烈武圣孝皇帝,史称宋神宗。

谥号与庙号,都有劝善戒恶的功能。

庙号起源于商朝,按照"祖有功而宗有德"的标准,开国君主一般是祖,继位君主有治国才能者为宗。如刘邦、赵匡胤是开国君主,庙号为太祖;李世民、赵匡义是有治国才能的第二任君主,庙号为太宗。

谥号确立于周朝,是后人对君主和三品以上大臣给予的盖棺论定的评价。美谥,是颂扬类的谥号,如"文"表示有经纬天地之才、勤学好问之德,"武"表示有威有德,"平"表示治国有方。恶谥,是批评类的谥号,如"炀"表示好高骛远,"厉"表示杀戮无辜,"幽"表示受到蒙蔽,"灵"表示不走正路。中谥,是同情类的谥号,如"愍"表示遭遇大难,"怀"表示软弱短寿。

赵顼的庙号被定为"神",是令人玩味的。大家来看,"神"字由表示祭台的"示"和表示雷电的"申"构成,本义是天神,泛指人的精神和虚无缥缈的神灵,后来引申为不同寻常、不可思议。但庙号里的"神",却是指"民无能名",也就是"无法评价"的意思。赵顼驾崩后,保守派卷土重来,全面执掌了朝政,废除了所有新法,否定了前朝的变革。尽管变法派大臣说他有功,但保守派却认定他有过。此时临朝听政的又是保守派的总后台高太后,只不过当妈的不方便骂儿子,其他人更不敢骂他,只好含糊其词,宣布"不知道如何评价",上庙号"神宗"。具有讽刺意味的是,明朝有一个万历皇帝,几十年不上朝,十分荒唐,他的庙号也是神宗。

说实话,宋神宗和明神宗天差地别,不可同日而语。宋神宗的品质几乎无可挑剔,他仁慈,体察民情,恤孤养老;他谦恭,克己复礼,尊重宰相;他简朴,从不大兴土木、游山玩水;他好学,常常因此废寝忘食。

他登基后,下决心改变宋朝积贫积弱的现状,多方寻找"富国强兵"之策。他还披上全副盔甲去见祖母,问:"娘娘,我穿着这副盔甲好吗?"不久,他就把王安石推到变法的前台。熙宁二年(1069年)二月,建立了国家财政计划委员会——制置三司条例司,由参知政事王安石、知枢密院事陈升之主持,负责筹划国家财政,制定和颁布新法,下决心向冗费、冗官、冗兵开刀,一场从富国、强兵到取士的全面变法拉开大幕:

均输法，熙宁二年（1069年）七月推行。朝廷拨出500万贯①钱和300万石②米，作为采购经费，变地方供奉为中央采购。初衷在于限制地方官员腐败。

青苗法，熙宁二年（1069年）九月推行。又叫常平新法，就是把常平仓、广惠仓的政府储备粮1500万石拿出来作本钱，在农户稻麦刚生出青苗，尚未变黄，存粮往往已经吃完，"青黄不接"时，以20%的利息借贷给农户，半年后——稻麦收获后加20%利息偿还。青苗法固然是朝廷的生财之道，但对于饱受青黄不接之苦的农民来说，也算是一个福音。以放高利贷为业的地主、豪强对此痛恨，是很容易理解的。至于上级下达贷款指标，地方官吏强行摊派，就超出变法设计者的预料了。

农田水利法（农田利害条约），于熙宁二年（1069年）十一月推行。规定各州县需要兴修水利的，小者自行解决，大者奏报朝廷实施。凡提出合理化建议或出钱募工兴建的，官府给予奖励。

免役法（募役法、雇役法）③，于熙宁二年（1069年）十二月公布条目，熙宁三年（1070年）冬在开封府试行，熙宁四年（1071年）十月在全国推行，是一种将民众服役货币化的方式。

---

① 宋代的一贯钱，相当于汉代的一缗、清代的一吊，等于1000文钱。
② 古代把石块凿成凹型，用于粮食计量。一石是10斗，共60公斤。北宋一石米的价值是1000文，正好是一贯。
③ 这里的役，不是指力役和徭役，而是职役，指相对富裕的家庭，被地方官府征调，轮流无偿服差役，充任衙前、弓手、典吏、里正、户长、乡书手、壮丁等。

也就是说，只要出钱，就不必"出差"了。此前，官户是免差役的，而民户按照贫富程度被分为九等，上四等户服差役，下五等户免役。实行免疫法后，官户也需要出钱，因此十分抵触。

科举新法，于熙宁三年（1070年）开始推行。取消明经各科，只以进士科取士。在科举考试中，不再考诗赋、帖经、墨义，只考经义、论、策，并把"三经新义"①作为必读书目和标准答案，把科举的立足点放在选拔有用之才上。理由是：一个人从小写诗作赋，对圣人之言却知之甚少，一旦当了官员，如何治国理政？

保甲法，于熙宁三年（1070年）十二月推行，与商鞅的连坐法一脉相承。

胥吏改革，于熙宁三年（1070年）十二月推行。对没有官阶的胥吏实行俸禄制，可以通过考试晋升为幕职州县官。

三舍法，于熙宁四年（1071年）九月推行。在太学中设立外舍、内舍、上舍"三舍"，每年各舍进行一次总考，决定外舍升内舍，内舍升上舍，上舍分等次。上舍生考取上等的，等于进士及第，获得授官资格；考取中等的，免礼部考试；考取下等的，免解试。为了培养专门人才，设置了武学——军事专科学校，律学——法律专科学校，太医局——医学专科学校。②

市易法，于熙宁五年（1072年）三月颁行。朝廷设立市易司，

---

① 由王安石的儿子王雱、判国子监吕惠卿、王安石分别撰写《诗经义》《尚书义》《周礼义》，统称"三经新义"。

② 见漆侠《王安石变法》，上海人民出版社1979年版。

拨出100万贯作为本钱，负责平价购买滞销商品，到市场缺货时再按统一定价出售。目的在于平抑物价。

保马法，于熙宁五年（1072年）五月推行。变官府养马为民间养马，对养马户减赋税、给补贴。

方田均税法，于熙宁五年（1072年）八月生效。清查耕地，堵住了地主隐瞒田亩、逃避税收的漏洞。对全国耕地依照肥沃贫瘠，分为五等，肥田赋税多征，贫地赋税减征。

军器监法，于熙宁六年（1073年）六月推行。建设兵工厂，录用能工巧匠改良和制造武器。

免行法，于熙宁六年（1073年）七月颁布。汴京（今河南开封市）的肉行向官府定期交纳"免行役钱"后，就不再向官府低价供应物资，目的是解决官员盘剥肉行问题。

将兵法，于熙宁七年（1074年）九月推行。要求将领常驻军中，履行训练和征战义务，以期改变长期以来"兵不认识将，将不认识兵"的局面。

对于这次变法的优与劣，史上一直毁誉参半。我不想加入这个见仁见智的讨论，只想公布几组数字。

第一组，财政收入。变法前，朝廷财政已经入不敷出。《宋史·食货志》记载，宋英宗治平二年（1065年）财政内外收入11613万单位（金、币、丝、绵、柴草），折成钱为6000多万贯（缗、石）①，其中赤字1570万单位。变法16年后，也就是宋神宗

---

① 这种折算法，出自〔北宋〕陈襄《古灵集》卷8，台北商务印书馆1986年版。

驾崩的元丰八年（1085年），朝廷财政年收入达到8249万贯（缗、石），①仅货币收入就超过6200万贯，其中青苗法利息收入突破300万贯。朝廷内外的府库都已装满，小县的结余也不下20万贯。建成才两年的元丰库，就存储了800万贯。据毕仲游估计，单是把各路青苗、免役、坊场、河渡、户绝庄产的收入，全部划归朝廷作为经费，可以开支20年。②

第二组，军费开支。大宋开国时有军队22万人，百年时间增加了6倍，治平元年（1064年）有禁军（朝廷直属军队）69.3万人，厢军（地方军队）48.8万人，军队总人数为118.1万，当年军费支出4800万贯（石），占财政总收入的80%。变法后，按照合并法压缩了军队。熙宁八年（1075年），禁军压缩到56.87万人，厢军压缩到22.76万人，军队总人数为79.6万人，年军费开支比治平年间减少810万贯。

第三组，农田面积。宋真宗时期，有户数867万户，有垦田5.2亿亩；变法后查出了大量隐田，又开垦了许多新田。元丰六年（1083年）有户数1721万户，全国登记的垦田达到7.2亿亩，垦田面积不仅超过了地域广阔的唐朝，即使后来的元、明也没有超过这一数额。③

第四组，粮食产量。熙宁二年（1069年）到熙宁九年（1076

---

① 见李寻《追问王安石变法》，原载《天下》2011年第1辑。
② 见〔北宋〕毕仲游《西台集（外三种）》卷7，上海古籍出版社2016年版。
③ 见漆侠《宋代经济史（上）》，南开大学出版社2019年版。

年），通过农田水利法，全国兴修水利工程1万项，受益农田3636万亩。南方稻田平均亩产近300斤，是唐朝的三倍。每个劳力年产粮食4000斤左右，与1984年大致相当。

第五组，募役收入。变法前，从事政府差役的53.6万人。实行免役法后，所用差役为42.9万人，减少10.7万人。以熙宁九年（1076年）为例，通过募役获得役钱1041.5万贯，雇佣差役花费648.8万贯，尚且结余392.7万贯。①

第六组，官吏俸禄。变法前，有官员24000人，朝廷每年支付俸禄1200万贯；而吏和衙役没有一贯钱的俸禄，全靠挖空心思地寻租、讹诈甚至敲诈混日子。变法后，官员数量下降到21900人，朝廷每年少支付俸禄105万贯；而朝廷从熙宁六年（1073年）开始，给所有的吏和衙役发放了俸禄，每年支付吏及衙役俸禄110万贯，②实现了"民不加税而利禄以给焉"。

看到这六组数字，如果哪个皇帝还不动心，恐怕就是傻瓜了。当然，站在商人、地主和百姓的角度看这些数字，就是另外一回事了。

牛顿力学定律在社会生活中同样适用：有一个作用力，就有一个反作用力，大小相等，方向相反。这次变法既没有舆论铺垫，又没做到循序渐进，况且变法的名目如此之多，涉及的群体如此

---

① 见黄纯艳《宋代财政史》，云南大学出版社2013年版。
② 见徐怀谦《拗相公王安石》，原载《博识宋元》，京华出版社2010年版。

之广，推行的日期如此之急，施行的方式如此彻底，与商人分利的意图如此明显，又打破了"法先王"的儒家传统，因而从一开始就形成了倡导（变法派、新党）和反对（保守派、旧党）两大阵营。

王安石和宋神宗没有办法把人数众多的反对派赶出政府，只能把他们贬出朝廷，外放到地方担任首长。问题来了，因为所有的新法全靠地方政府去执行，于是呈现出一种戏剧性场景，就是由一批反对新法的人，负责执行新法。不可避免地，这些人用种种方法阻碍新法，故意使民众痛恨新法，从而证实新法的罪恶。

熙宁七年（1074年）春，北方发生了一连串旱灾，汴京看门官郑侠①把饥民流亡情形绘成《流民图》，呈送皇帝和太后，并在奏折中说："图中所画的，都是臣每天在城楼上亲眼所见，画出来的还不到百分之一。帝辇之下，惨状尚且如此；千里之外，真不知是什么样子！百姓早就家无隔夜之粮，为什么还要戴着枷锁去砍自己的桑树，拆自己的房子？就是因为要偿还王安石逼他们借的国债，缴纳王安石新设的税费，而原本应该用来救济灾民和平抑物价的专项基金，却被王安石挪作他用了，为政府敛财了。恳请陛下罢祸国殃民之法，延万姓垂死之命。如果陛下依照

---

① 今福建福清市人，考中进士后经王安石举荐任州司法参军。后来在拜见王安石时，直言新法的弊端，被贬为汴京安上门的监门官。旱灾发生后，他于熙宁七年（1074）三月绘制了《流民图》，连同《论新法进流民图疏》一起呈报朝廷，请求朝廷罢除新法。之后，他屡次被贬。

臣的意见来做,十天之内还不下雨,请将臣在宣德门外斩首示众,以正欺君罔上之罪。"

看完图与上奏,宋神宗深受触动,潸然泪下。就因为这次旱灾,加上保守派的推波助澜,作为变法派后盾的宋神宗,竟然陷入了自我怀疑之中,让保守派人士——学士承旨韩维拟定诏书,不仅在诏书中责备自己,还暂时停止了方田均税法和保甲法,进而让王安石离开了宰相之位。

也许是天不助王安石,诏书下达的第三天,居然天降大雨。

其实,宋神宗对保守派的打击一直不够得力,特别是对保守派中的元老一味迁就,甚至把反对新法的冯京提拔为参知政事,从而造成了变法派不香、保守派不臭的政治格局。尽管这场变法发生在宋神宗熙宁年间,从严格意义上应被称为"熙宁变法",但因为王安石是变法的直接操作者,一直处在舆论风暴的中央,不得不喊着"天变不足畏,祖宗不足法,人言不足恤"的口号,像堂·吉诃德一样挑战风车,表现出"虽千万人吾往矣"的决绝,所以这场变法多被称为"王安石变法"。

一位旅美学者评价王安石说:

11世纪的改革家王安石,是中国历史上的杰出人物。新政是他对时代挑战的回应,显示出与现代方案惊人的相似性;它们已经成为现代世界的灵感来源之一,不只是对于巨变时期的许多中国人来说,而且超越于中国之外——比如,对于远至美国的剩余农产品政策。毫不夸张地说,王安石理应在世界历史上占有一席之地。①

无论是在变法中所发挥的作用，还是后人对变法人物的评价，允许和推动变法的宋神宗，似乎都成了一个陪衬人，个别时候还是一个隐身人，有时甚至游移不定、动摇彷徨。为此，王安石屡次埋怨宋神宗"刚健不足""忧畏太过"，还形象地揶揄他"天下事如同煮羹，添一把火，又加一瓢水，羹怎么有熟的时候呀？"一位学者甚至评价宋神宗"气魄不够宏大，思想不够深刻，性格不够刚毅"。②

要我说，我们不能怨宋神宗，而是应该分析他为什么有这样的表现，更应该分析他这样的表现对国家是好是坏，是福是祸。宋神宗之所以看似不够宏大、深刻、刚毅，避不开"虚君实相"制度。

---

① 见刘子健《宋代中国的改革——王安石及其新政》，上海人民出版社2022年版。
② 见王才忠《宋神宗与王安石变法》一文，原载《史学月刊》1988年第6期。

第十章

虚君实相

众所周知，古代皇帝，尤其是中央集权制王朝的皇帝，拥有至高无上的权力，是国家最高的精神象征、政治领袖和军事统帅，拥有国家最高裁决权，哪有主动分权给宰相的例子？

其实，早在唐代就有一种宰相副署制度。皇帝的诏书，须由宰相副署——也就是见到皇帝的诏书后，宰相同意，然后加盖中书门下大印，这道诏书才能送尚书省执行。如果宰相对诏书有意见，可以拒绝副署。皇帝不经宰相副署直接发布命令，是违制的，不会被各级机构承认。唐中宗就曾越过宰相直接任命官员，但他毕竟心虚，所以装诏书的封袋，不敢按照平常的式样封发，而改用斜封。所写的"敕"字，也不敢用朱（红）笔，而改用墨（黑）笔，时称"斜封墨敕"。这种私下授予的官，被称为"斜封官"，一般人看不起。也就是说，唐朝就有了君权、相权"分权制衡"的苗头，可惜它只发芽，没长大。

宋朝开国后，士大夫们认为，天下为公，君主是国家的主权代表，但天下却非一人私有。台谏官方廷实曾经在上疏中说："天下者，中国之天下，祖宗之天下，群臣、万姓、三军之天下，非陛下之天下。"① 士大夫们解释说，皇帝是神圣的象征，代表国家的尊严，在法理上是不能有过错的。但皇帝也是人，不可能不犯错。而且，皇帝是不能问责的，即便皇帝有过错，担责也只能是象征性的，譬如下罪己诏。因此，要建立一种制度减少皇帝犯错的机会，这种制度就是把政务交由外廷——宰相们去处理，因为宰相可以追责，可以去为某些诏命的错误背黑锅。如果宰相不称职或有过失，皇帝可以追究他的责任，包括将他罢免、治罪。这就是儒家观念中的"善皆归于君，恶皆归于臣"。②

为此，宋太祖赵匡胤和宰相赵普有一个对话。

赵匡胤问赵普："天下什么最大？"赵普想了半天，没有回答。过了几天，赵匡胤又问同样的问题，赵普回答："道理最大。"赵匡胤屡屡称好。这也就意味着，皇帝承认皇权不是最大的，在皇权之上还有"道理"。

问题是，这一"道理"怎么才能让皇帝接受呢？于是，开国大臣对皇帝建议，天子虽然得了"天子之位"，但对于"圣人之学"却是门外汉，最好建立经筵制度，聘请饱学之士，为皇帝讲解史书、经义。

---

① 见〔明〕陈邦瞻《宋史纪事本末》卷72，中华书局1977年版。
② 见〔汉〕董仲舒《春秋繁露》，中州古籍出版社2010年版。

就这样，在君臣共同推动下，讲筵变成了雷打不动的日常制度。每年二月到端午节，八月到冬至为经筵官讲课时间，隔一天讲一次。一批满腹经纶的士大夫走上讲台，被皇帝聘为翰林侍读学士、翰林侍讲学士、侍读、侍讲、天章阁侍讲、崇政殿说书，他们统称"经筵官"，也就是皇帝的老师——帝师。

依照常理，一日为师，终身为父，师生关系形同父子，但帝师与皇帝的关系不同于常理，因为他们既是师生关系，又是君臣关系，这种微妙的关系如何把握，取决于帝师的修为与档次。

这里有一个例子。说的是孔子的孙子，名叫子思，他既是孟子的老师，也是鲁穆公的老师。一次，鲁穆公问子思："国君如何与老师交往呀？"子思一板一眼地回答："论地位，你是君，我是臣，我不敢与你交往。但论道德，你是学生，我是先生，你不配与我交往。"鲁穆公大吃一惊，捂住嘴巴不敢说话。

程朱理学奠基人程颐，就是这样一位兼具道德和学问的大家，他长期担任崇政殿说书，是宋哲宗小时候的老师，"道统与治统并立""君主统而不治""虚君实相"等理念，就是他灌输给皇帝的。

制度化的经筵，如水银泻地，如微风入户，如春风化雨，不仅使皇帝形成了系统、完备、具有儒学特色的世界观和道德观，有了"与士大夫共治天下"的共识，而且从施政理念上接受了"虚君实相"的制度设计。

所谓"虚君"，就是皇帝"统而不治""垂拱而治""不亲细故"。皇帝的权力是任命宰相，宰相的权力是治理天下。从宋真宗开始，就出现了君权象征化的趋势。宋仁宗时代，制度与政体已经对皇权构成了硬性约束，君臣"各有职业，不可相侵"。这种体制尽管还不是君主立宪制，但距离近代的责任内阁制只有一步之遥。

所谓"实相"，就是由宰相执政。在宋朝，宰相并不是一个官名，而是一个群体。宋初实行"二府三司制"，中书门下、枢密院合称"二府"，户部、盐铁、度支为"三司"。中书门下，又称政事堂，负责国家行政事务和上级文官的任免，以同平章事为长官，就是宰相，多由中书、门下两省侍郎担任。为分散宰相的事权，设参知政事，作为副宰相。枢密院是国家最高军事机构，负责军事和上级武官的任免，长官为枢密使，是负责军事的副宰相，又叫枢相。"三司"负责管理国家财政，长官为三司使，是主管财政的副宰相，又叫计相。二府三司各自独立，长官由皇帝直接任命，分别对皇帝负责。宋神宗元丰改制，撤销了"二府三司"，把中书门下的职权划入门下、中书、尚书三省，以左、右仆射为宰相，左仆射兼任门下侍郎，右仆射兼任中书侍郎，改制后的宰相兼管财政。南宋时，宰相又兼任了枢密使，拥有了民政、财政、军政大权。就这样，宋朝有了"天下治乱靠宰相"的说法。

这一体制刚开始实践时，皇帝感觉有些不适应。赵普担任宰相时，赵匡胤吩咐后宫采购一批用于熏香和熏衣服的熏笼，几天过去了，熏笼还没送来，赵匡胤有些不高兴，就把办事人员叫来责问。

办事人员回答:"按照规定,内宫采办日常用具,需要先给尚书省打报告,尚书省把报告下发本部,本部下发本曹,本曹下发本局,我们做好预算,再层层上报,最后经宰相批准,才可以拨款采购,送到宫中使用。这些程序走完,最少也要几天。"

听完,赵匡胤大怒:"谁定了这套规矩来约束朕?"他的质问也有依据,因为《周礼》上有一项宫廷财政制度,叫"唯王不会",也就是天子的用度不必会计、审计,天子私库有多少财富,都归天子挥霍。

身边人说:"可问问宰相。"

赵匡胤便没好气地说:"把那个赵学究给朕喊来!"

赵普比赵匡胤年长五岁,识字不多,当了宰相才在赵匡胤的劝说下苦读《论语》,赵匡胤称他"学究",是故意讽刺他。但这个人很懂谋略,当年赵匡胤"黄袍加身",他和赵匡义是主谋。开国后赵匡胤"杯酒释兵权",他是幕后策划。可以说,他是宋朝不可或缺的政治智囊,头脑中装着国家官僚体系中每一个零件的说明书,皇帝一天也离不开他。同时,他还是一个具有双重性格的人,既刚毅果断,又能屈能伸。一次,他向皇帝上书推荐一个能人,皇帝没答应。第二天,他继续推荐,皇帝还是不答应。第三天,他又推荐,皇帝大怒,把奏章撕碎,扔在地上。赵普面不改色,跪在地上把碎纸片拾起来带了回去。下一天,他把碎纸片缝补好,再次像当初一样上奏,直到皇帝觉得他的推荐有道理,任命了那个能人。①

赵普赶来后，赵匡胤指着他的鼻子说："朕在民间时，用几十文钱就可以买一个熏笼。如今贵为天子，却几天得不到熏笼，为什么？"

赵普回答："没办法，规定如此。"原来，宋朝修正了传统的"唯王不会"制度，明确规定，内宫添置日常用品，增加生活预算，须经相府和台谏审核、批准。

赵匡胤急了："这是什么狗屁规定？"

赵普不紧不慢地说："这条规定，不光是为陛下设的，更是为陛下的子孙设的。百姓需要多少个熏笼，马上就可以掏钱购买，想买多少就买多少，只要他有钱。但皇室不行，因为皇帝无私财，皇帝的财产都来自国家税收，皇帝又掌握着至高无上的权力，如果没有一套程序和制度来约束其预算和花销，又如何防止败家的皇室子孙大操大办，奢侈浪费呢？这才是这条规定的深意啊。"

听完赵普的解释，赵匡胤笑了，说："此规定甚妙！"

赵匡胤乃行伍出身，本是乱世枭雄，一向风风火火，率性而为。他发火，应该是豪迈性格的自然流露。但最后，他还是意识到了自己的一国之君身份，自觉收敛了不拘小节的性情，转而接受了制度、先例、礼法的安排。从这件事上可以看出，赵匡胤已经从豪放不羁的一介武夫，蜕变为尊重礼制的一代明君。

---

① 见钱穆《中国历代政治之得失》，生活、读书、新知三联书店2001年版。

这种政治体制，经宋太祖、宋太宗两代的创制，宋真宗一朝的确认，到宋仁宗时期已经日臻完善。

每一项政令出台前，先由皇帝和宰相们当面议定，商议后形成的旨意，叫"词头"。词头本身不是诏命，而是起草诏命的依据。然后，"词头"送到翰林院或舍人院，重大、机密的诏命由翰林学士起草，一般性诏命由舍人院的知制诰（后来叫中书舍人）起草。他们认为"词头"不当可以"封还词头"。假如没有异议，便根据"词头"起草诏命，进呈皇帝御览。若皇帝和宰相对诏草没有意见，便形成"录黄"。"录黄"发到中书省，由知制诰在"录黄"上签名，这叫"书行"。如果知制诰认为诏命不当，有权"封还录黄"；如果没有异议，则送门下省，由给事中审读。给事中如果没有异议，也在"录黄"上签名，这叫"书读"。当然，给事中认为诏命不妥，也可以拒绝"书读"，缴还"录黄"。完成以上程序后，才可以留门下省存档，另誊副本送尚书省执行。综上所述，皇帝只是负责下诏的人，诏书的内容他说了不算。皇帝的诏书，必须有宰相的副署，才能成为朝廷的正式政令。宰相如果不同意，可以拒绝副署，这种做法叫"执奏"。在此过程中，皇帝虽然名义上掌握着最高裁决权，但理当服从公议，尊重宰相的执政权。①

后来的皇帝，大都能支持宰相放胆、放手、放心地执掌政务，

---

① 见吴钩《知宋，写给女儿的大宋历史》，广西师范大学出版社2019年版。

做到了"权归人主,政出中书"。其中最典型的,是宋仁宗。

无论事情大小,宋仁宗都交给外廷讨论。有的近臣向他跑官要官,他性子好,抹不开面子,不好当面拒绝,只好下一道手诏,请宰相予以破格提拔。但他又事先给宰相打了招呼:凡我下发的手诏,臣等不必遵行,退回来就是。

宋仁宗的后宫有上千人,仅留下姓名的嫔妃就有17人。她们是有等级的,按阶拿月钱,光贵妃以下就有25阶。按照规制,"得御一次,即畀位号;续幸一次,进一阶"①。几个嫔妃好长时间没进阶了,一再请求皇帝给升一阶,因为升一阶可以增加月钱。皇帝答复:"不按规制执行,朝廷不会办。"一个嫔妃说:"圣人出口为敕,一句顶一万句,官家②的批示谁敢违背?"皇帝笑着说:"你不信,那就试着降敕吧。"于是,皇帝拿来彩笺,一笔一画地写下升阶的手诏。拿到手诏,嫔妃们就像填饱肚子的小鸡一样,拍打着翅膀各自散去了。到了发俸的日子,她们拿出皇帝的手诏,请求增加俸禄,结果被相关机构拒绝。嫔妃们很委屈,一起找到皇帝,当面撕掉了手中的御笔,说:"原来使不得!"皇帝只能摊开手,笑着送走她们。③

---

① 见〔宋〕确庵、耐庵《靖康稗史笺证·青宫译语》,中华书局2010年版。这句话的意思是,宫女第一次被皇帝临幸,会被赐予名号;以后每临幸一次,晋升一阶。每次临幸,由太监记录在案。

② 臣下对皇帝的尊称。古代认为,"三皇官天下,五帝家天下",皇帝应该至公无私,所以从南北朝开始称皇帝为官家。

③ 见〔南宋〕周辉《清波杂志》别志卷,中华书局1985年版。

当时，台谏官上了一道章疏，说宫女太多，应适当裁减。一个为宋仁宗梳头的宫女，仗着皇帝偏爱自己，发牢骚说："两府两制，家里各有歌舞伎，官职稍稍如意，往往不停地增加人数。官家身边只有寥寥几人，却要求您裁减，难道只允许他们快乐吗？"宋仁宗听了，默默不语。梳头宫女又问："台谏说的话必须办吗？"宋仁宗答："台谏之言，岂敢不行？"不久，宋仁宗果然遣散了30名宫女，第一个被送出宫的，就是那名梳头宫女。皇后问他："负责梳头的，是官家喜欢的人，为什么第一个遣散？"宋仁宗说："这个人劝我拒谏，怎么适合放在身边？"①

对于宋仁宗的克制，有些大臣看不惯，提醒他要揽权，一个近臣甚至发牢骚："万事只由中书，陛下哪里自由办过一件事？"宋仁宗回答："收揽权柄固然好，但如果天下事都由朕来处置，如果都对还好，如果有错误，将难以更改。不如付之公议，让宰相去处置。"

宋代能形成不支持君权独揽的制度，来源于开国皇帝的大格局、大视野、大胸襟，也是和后几任皇帝的明智、谦逊、克制分不开的。所以南宋文人施德操评价宋仁宗："百事不会，却会做官家。"明代学者朱国桢则认为，三代以下，能称得上贤明君主的，是汉文帝、宋仁宗、明孝宗。

宋徽宗则不然，他自认为聪明无比，热衷于御笔指挥，群臣

---

① 见〔南宋〕朱弁《曲洧旧闻》，吉林出版集团2005年版。

稍有意见，就被扣上"不恭"的帽子，"分权制衡"制度变得支离破碎，最终招来亡国被俘的大祸。因此，《宋史》评价他："诸事皆能，独不能为君耳。"什么意思？就是什么都会，唯独不会做皇帝。

看似软弱的宋仁宗，与看似聪明的宋徽宗形成了鲜明的对照。后者是胡来皇帝的代名词，前者则是仁圣之君的坐标。

有人说，两宋有一个奇特的政治景观：除了开国者宋太祖和宋太宗，三百年没出过一个强势、独断的帝王，但却权相迭出，北宋有王安石、蔡京，南宋有秦桧、韩侂胄、史弥远、贾似道。我以为，这只是一个政治表象，我们必须学会透过现象看本质，这些所谓的"权相"在世人眼里的强势，无非是依照制度设计替皇帝背黑锅而已。譬如，王安石的强势，是建立在与宋神宗政治理念高度契合的基础之上的，宋神宗想甩锅时，一样可以让他两次下野。至于小人蔡京，不惜降低人格去逢迎宋徽宗，才换来了对方没有底线的信任。秦桧心甘情愿地替宋高宗背了两个黑锅——"宋金和议"和杀害岳飞，才换来宰相之位，他之所以终生为相，不是宋高宗不敢动他，而是"宋金和议"约定不能更换他。[①] 史弥远是通过扶立宋理宗成为权相的，但没有宋理宗这杆大旗，他很难跋扈。至于韩侂胄和贾似道，就另当别论了，因为他们有外戚的身份，韩侂胄的母亲是宋高宗皇后吴氏的妹妹，贾

---

① 见夏坚勇《绍兴十二年》，凤凰出版传媒股份有限公司2015年版。

似道的妹妹是宋理宗的贵妃。南宋衰败与亡国，这两个外戚难辞其咎。但他们的罪过，应该归罪于"外戚弄权"，不能把罪名记到"虚君实相"头上。

必须承认，宋朝历史上绝大多数名声好的皇帝，都是制度的遵守者，他们都在克制，而不是软弱。

同理，宋神宗并不是没有格局，也不软弱，而是克制与智慧。

接到两个司法机构关于要求对阿云案敕裁的上疏，宋神宗既生气，又受用。气的是，司法机构又在踢皮球；受用的是，又到了自己使用司法审判自由裁量权，法外开恩的时候了。他尽管只有20岁，但已经是"和稀泥"的高手，这种让疑犯感恩戴德的事情也办得不少了。接下来，他仔细琢磨了许遵的判决意见和两个司法机构的复核意见，然后做出了敕裁：

> 以"谋杀已伤"罪论处，判绞刑。姑念阿云有自首情节，特法外开恩，敕贷其死，贷命编管。

"敕贷其死"，是皇帝的特权，意思是皇帝法外开恩，允许阿云以铜赎罪①。"贷命编管"，就是流放远方的州郡，编入当地户籍监视居住。

---

① 对于未经核实，或者有疑问，不能用五刑定罪的案件，一般可以用罚铜赎罪。罚铜在宋代有18个等级，从1斤到120斤不等。政府通过"罚铜"，可以直接收回高质量的红铜资源，用来铸造高面值的铜币。

宋神宗的敕裁,并非随意做出的,他一定读过《尚书·吕刑》,接受了西周"明德慎刑""疑罪从赦"的司法理念,对"刑疑有赦,赦从罚也;罚疑有赦,赦从免也"把握得很到位;也一定研究了《宋刑统·断狱律》中"疑狱"条的规定:"诸疑罪,各依所犯以赎论。"意思是,对于各种疑案,允许以铜赎罪。皇帝的每一次敕裁,都是对天理、人情和国法综合考量的结果,也可以看做一次司法审判的自由裁量。

按说,这是个"一石三鸟"的敕裁。一方面,皇帝在法理上认可了两个司法机构的复核意见,体现了对司法机关的尊重;另一方面,考虑到阿云有自首情节,法外开恩,在客观上推翻了绞刑判决,在量刑上照顾了许遵的判决意见;另外,这个旨意对于在大牢里望眼欲穿的阿云来说,似乎不算是一个坏消息,起码不用被绞死了,她应该高呼"万岁"吧。

在局外人看来,这个稀泥"和"得很有水平,宋神宗是比较"神"的。

但作为局内人,如果阿云听到这一敕裁,虽然不至于眼前一黑,立刻昏过去,但仍然会有一种天塌了的感觉。因为允许她以铜赎罪的数额,我查了一下《宋刑统·名例律》中的"死刑二"条,上面规定:"绞、斩,赎铜各120斤。"这对于家徒四壁、举目无亲的阿云来说,简直就是一个天文数字。其情形,和汉朝允许司马迁用黄金赎买宫刑差不多。当年司马迁的家人凑不够一斤四两黄金,亲戚朋友又没人救济,司马迁只得接受宫刑。如今阿云拿不出铜,依旧难免一死。

在古代,皇帝的敕裁是最高的和最终的判决。到这里,故事应该结束了。

接下来,大家关心的,恐怕只有阿云能不能拿出那么多铜了。

史载,官府并没有立刻通知阿云筹铜。

一准是某个环节出岔子了。

第十一章

许遵不服

岔子出在许遵身上，因为他表示异议了。

对于皇帝的敕裁，许遵倒是没说什么。看来，这个人智商很高，情商也不低。一方面，他有角色意识，明白自己不是台谏官，没有质疑诏书的特权；另一方面，他有大局意识，清楚谁可以得罪，谁绝对不能得罪。

谁可以得罪呢？当然只有两个司法机构。于是，许遵对于两个司法机构不认为阿云是自首，明确表示不服。

我分析，许遵不服，有两个方面的考虑。

一个考虑，自己是一个具有法科背景、对法律有着独到见解的士大夫，十分珍视自己在司法界的声誉，如果默认两个司法机构的复核意见，就意味着承认自己判错了，将来自己怎么在司法界混呀。

另一个考虑，是大宋有法官责任追究制度。《宋刑统·断狱律》中的官司"出入人罪"规定，在刑事判决书上签名的法官，需要终身对判决负责，日后若被发现存在错判，要追究法官的"出入人罪"。

"出入人罪"又细分为故入人罪、故出人罪、失入人罪、失出人罪四种。

故入人罪，指法官故意歪曲法律、事实，将无罪的判有罪，轻罪的判重罪。这一罪名往往体现为法官出于畏惧权势、贪赃枉法、以权谋私等原因，故意制造错案。一旦查出，处罚相当严厉。无罪判有罪的，对法官以全罪论处；轻罪判重罪的，对法官以增加的罪论处；从笞刑、杖刑入徒刑、流刑，从徒刑、流刑入死罪的，也以全罪论处。法官错判但尚未执行，未造成后果的，罪责减一等。凡在文案上签名的法官都要负刑事责任，但分长官、通判、判官、主典四等，要看错判是由谁开始产生的，依次递减刑罚一等；如果主要法官故意错判，其他法官不知情，只论主要法官的故入罪，其他法官则按失入人罪追责。这一罪名被列为"私罪"，法官的公职不能折抵，遇到大赦也不能叙用。

故出人罪，指法官受人财物或畏惧权势，故意为犯人开脱罪责。有罪判无罪的，对法官以全罪论处；重罪判轻罪的，对法官以所减的罪论处；改变刑罚种类的，笞刑、杖刑之间和徒刑、流刑之间，仍以所剩论处；笞刑、杖刑与徒刑、流刑之间以及徒刑、流刑与死罪之间的改变，则以全罪论处。这一罪名也被列为"私罪"，法官的公职不能折抵，遇到大赦也不能叙用。

失入人罪，是法官不存在错判的主观故意，只是在司法过程中，因为案情有疑点，或者法律适用有疑难，而法官没有辨明，从而做出误判，导致无罪判有罪，轻罪判重罪。一经查出，比照"故入人罪"减三等处罚。这一罪名被列为"公罪"，相当于行政犯，允许官员以官阶赎刑。五品以上，一级官阶抵两年徒刑；九品以上，一级官阶抵一年徒刑。但失入死罪，问责就严了。如果失入死罪达到三名，负主要责任的法官"除名""编管"（开除公职，监视居住）；负次要责任的法官"除名"，负第三、第四责任的法官"追官勒停"（追回官衔，勒令停职）。如果失入死罪只有一名，负主要和次要责任的法官"勒停"，负第三、第四责任的法官"冲替"（调离现职并降职）。对于失入死罪的法官，不得宽恕，不得升职，不适用"恩荫"。

　　失出人罪，是法官因为失误，把有罪判无罪，重罪判轻罪。这也属于"公罪"，追究较轻：失出死罪五人相当于失入一人，失出徒罪、流罪三人相当于失入一人。这种规定，当然会导致法官倾向于轻判罪犯，有损于司法公正。但宋朝"重入罪、轻出罪"的制度安排，体现了"疑罪从轻""疑罪从无"的审判原则，符合"与其枉杀无辜，宁可不合常法"的中华司法传统。

　　从以上条目不难看出，一旦出现错判，尤其是出入死罪，主审法官付出的代价是巨大的，大到让他不想错判、不敢错判、不会错判。您想呀，当您将无辜者判处死刑，有一半的概率让自己掉脑袋时，您还会做出裁决吗？作为一项前所未有的法官责任追究制度，"出入人罪"的设定，有利于减少冤假错案的发生，有利于提升司法队伍的专业素质，有利于强化对司法官员的约束，有利于维护法律的严肃和公正，堪称中国法制史上的一大独创性制度。如果再有人说，中国古代只有人治，不重法度，您还会点头或默认吗？

如此说来，许遵如果认可两个司法机构的复核结果，他的判决就属于失出人罪。尽管判决尚未生效，他不必承担多少罪责，但判决被推翻，不但意味着法官的升迁会延迟，而且自己的司法生涯也可能因此中断。况且《宋史》上说，"及为登州，执政许以判大理"。意思是，许遵到任登州时，王安石就许诺让许遵执掌大理寺。

无论出于现实的还是未来的考虑，专业的还是仕途的考虑，许遵都不甘心认输，于是向皇帝上书说：

> 阿云被问即承，应为案问自首。审刑、大理判绞刑，非是。

意思是：两个司法机构判错了，他们有些糊涂，根本没搞清楚什么叫"案问欲举"。

既然地方知州举报和质疑两个司法机构，按照规定，皇帝只能把这个有争议的案子移交给刑部。

就这样，继审刑院、大理寺之后，刑部也无奈地出场。

不久，刑部的重审意见出来了。令许遵意外的是，这个法司的意见特别剽悍，他们公开支持大理寺和审刑院的判决，一致认为许遵关于阿云符合自首情节的判决是荒唐的，是曲解法律，因此建议维持宋神宗的敕裁，即阿云按"谋杀已伤"罪论处，判绞刑，但允许花钱抵罪。同时，刑部担心许遵不服，所以在递交判决书时，顺便告了许遵一状，说他"妄"，意思是狂妄，自以为是。言外之意，你许遵一个小小的知州，哪来那么多意见？审刑院、大理寺的判决你不服，皇帝的敕裁你不认，到刑部这儿该结案了，你别再折腾了。

从三个司法机构重审，到皇帝敕裁，阿云案已经走完了北宋全部的司法流程，还能掀起什么波澜吗？

让我们拭目以待。

第十二章

所谓的"妄"

看来,刑部的担心是有道理的,许遵果然"妄"。这不,一接到刑部的重审意见,许遵就发难了,他上书抗议说:

> 刑部定议非直,阿云合免所因之罪。今弃敕不用,但引断例,一切案而杀之,塞其自首之路,殆非罪疑惟轻之义。

翻译一下:刑部确定的判决意见不正确,阿云符合免除"所因之罪"的情形。如今刑部"弃敕不用",只是引用以往的惯例来断案,所有的案子都是一杀了之,阻断了罪犯自首的渠道,大概不是疑罪从轻的司法理念。

尽管我译成了白话,可能读者依旧看不明白,因为里面出现了两个概念——"所因之罪"与"弃敕不用"。

先讲第一个概念,什么叫"所因之罪"?

我打个比方:张三盗窃李四,只谋财不害命,这是盗窃;但盗窃行为被李四发现，张三一顿拳脚打死了李四，这就是故杀。于是，张三触犯了两个罪名，一个是盗窃罪，一个是故杀伤罪。在这个案子中，盗窃罪就是故杀伤罪的"所因之罪"，因为盗窃所以杀人，盗窃是因，杀人是果。如果张三良心发现，主动自首，官府会怎么判？裁判原则就是免"所因之罪"，即张三的盗窃罪免于追究，毕竟张三自首了，但张三的故杀伤罪仍旧需要追究。

许遵在上书中，总共引用了十条律、例、议来证明自己的观点，其中一条出自《唐律疏议》："假有因盗故杀伤人而自首者，盗罪得免，故杀伤罪仍科。"盗窃杀伤人自首后，免除"所因之罪"——盗罪，但故杀伤罪仍旧追究。他还举例说，苏州洪祚盗罪自首案，就是依照这一"议"判的，可视为一个断例。

问题来了，免"所因之罪"，与阿云案有什么关系呢？关键在于"谋杀"二字。许遵认为"谋"是因，"杀"是果。现在阿云案问欲举，算是自首。于是，按照免所因之罪的原则，就该免去"谋"罪，只问"杀"罪。而且，《宋刑统》中的"犯罪已发未发自首"条加有注文："因犯杀伤而自首者，得免所因之罪，仍从故杀伤法。"意思是，因为犯杀伤而自首的，可以免去所因之罪，仍旧归类于故杀伤罪。

这里，又跳出了一个新概念"故杀"。《唐律疏议》把杀人罪分成了七种类型：谋杀、故杀、劫杀、斗杀、误杀、戏杀、过失杀。谋杀，顾名思义，是指提前有预谋、有计划的伤害行为；但故杀，就不能从字面上理解了，因为它在古代法律上不是"故意伤害"，而是"无事而杀"，是指无原因、无预谋、临时起意的伤害行为。

许遵提出"从故杀伤法"判刑，一是因为在众多杀伤罪中，唯有"故杀"是结果犯，其它杀伤罪都是行为犯，没有造成伤害罪名依旧成立。在免所因之罪，"刑名未有所从"的情况下，"从故杀伤法"判刑是最为恰当的。二是因为故杀伤罪只要未造成死亡的，一般不适用死刑，阿云案"从故杀伤法"，可以减刑免死。

就这样，许遵将阿云"谋杀"所因的"谋"罪去掉，应承担的罪责就降格为"故杀伤"——也就是伤害罪了。

接着讲第二个概念，什么是"弃敕不用"？

这个敕，是指宋仁宗时期的诏书汇编《嘉祐编敕》，其法律效力仅次于律——《宋刑统》。其中有和阿云案相关的一条敕文："谋杀人伤与不伤，罪不至死者，并奏取敕裁。"许遵在上书中认为，敕文所说的"罪不至死者"，就包括谋杀已伤、案问自首之人。敕作为对律的补充，说得如此明白，你刑部为什么弃敕不用？

对此，我们不妨对照现代法律，认识一下宋代谋杀罪谋杀未伤、谋杀已伤、谋杀致死三种情况。第一种情况"谋杀未伤"，与现代法律对应的是"预备犯罪"，指为了犯罪准备工具、制造条件的，这种犯罪行为可以比照既遂犯，从轻、减轻或免除处罚；第二种情况"谋杀已伤"，与现代法律对应的是"杀人未遂"，指已着手实行犯罪，只是由于犯罪分子意志以外的原因未能得逞；

第三种情况"谋杀致死",与现代法律对应的是"杀人既遂"。

用现代法理来讲,阿云案实际上就是一起谋杀未遂案,怎么也不可能降格为伤害罪。但在当时,许遵就能这么玩,而且还能引律据典地玩,堂而皇之地玩,难怪刑部认为他"妄"。《宋史》甚至认为他"立奇以自鬻"。鬻,本义为粥,引申为卖,这里表示故意卖弄。要我说,许遵既是进士出身,又明法科及第,是典型的复合型人才,好比今天的双博士,对法理的理解比一般官员要透,对法条的掌握比一般法官要细,在司法领域确有自负的本钱,容不得别人不服,"妄"一点儿又怎么了?

果然,对于许遵的"妄",一个官员表达了与刑部截然相反的态度。

这个官员叫苏辙,四川眉山人,是"唐宋八大家"①之一,擅长政论和史论,与父亲苏洵、哥哥苏轼合称"三苏"。嘉祐二年(1057年),他与哥哥一起参加了省试,共列贡士榜。在随后参加殿试的263名进士中,哥哥列第6位,他列第15位。三年后,他又和哥哥一起参加了制科考试,哥哥获最高等——第三等,他因为在试卷中抨击宋仁宗怠政,获第四等次,被任命为试秘书省校书郎、州军事推官,4年后出任大名府推官,后因父亲病逝回乡丁忧②。此时,他处于丁忧的第三年,无官一身轻。在百无

---

① 指唐宋时期的散文大家:韩愈、柳宗元、欧阳修、苏洵、苏轼、苏辙、王安石、曾巩。
② 按照传统礼制,凡是官员,在父母去世后,必须辞官回家守孝三年,这就是丁忧制度。

聊赖中，他针对许遵屡次反对阿云伤人案判决一事，写了一篇文章，题目是《许遵议法虽妄而能活人以得福》。仅从题目就可以看出，苏辙对许遵狂妄是比较欣赏的，因为这种狂妄不是害人，而是为了在尊重律法的同时尽最大可能珍惜生命。

看到苏辙的文章，许遵一定笑了。但苏辙担任尚书右丞、门下侍郎（副宰相）是后来的事情，此时远在四川丁忧，是一个只有品阶、没有差遣①的小人物，缺少能量，对于自己只能算是声援。如果朝中有大人物认可自己该多好！

你别说，在苏辙发话的同时，一个大人物也对许遵表示了兴趣。

这个大人物是谁呢？

---

① 宋朝的官、职、差三者是分开的。官，是用来定品阶、领俸禄、穿衣服、算资历的，所以叫正官、本官、阶官、寄禄官；职，就是授予高级文臣的清高头衔，如学士、待制；差，就是差遣，也是实职，称呼有判、知、权、直。只有官、职而没有差遣，就是虚职；官或职加上差遣，才算实职。

第十三章

执掌大理寺

这个大人物,是天下人眼里的天花板,至高无上的神圣存在——当朝皇帝宋神宗。

通过阿云案的反反复复,宋神宗不仅没有嫌烦,反而觉得许遵这个知州很专业,很执着,很较真,关键是很用心。

皇帝深知,真正让人生燃烧的,不是冷冰冰的知识,而是活生生的问题。许遵这样的官员,在下面当个知州有点屈才了,既然他懂法,喜欢判案,善于挑战疑难案件,那就干脆把他调到朝廷来吧。

到朝廷来干什么呢?宋神宗下诏:

> 由许遵判大理寺。

大理寺卿,相当于今天的最高人民法院院长。在许遵的任命上,王安石应该是举荐者。因为《宋史》上说,早在许遵到任知州时，王安石就把这个位置许给他了。

任命一出，所有京朝官都吓了一跳。

宋朝对于官员晋升，采取的是磨勘法。所谓磨勘法，就是通过审核官员的资历，考课官员的功过，从而决定是否升阶、如何升阶的办法。宋仁宗时期规定，文官三年一迁，武官五年一迁。到了治平三年（1066年），为了压缩官员数量和俸禄支出，朝廷改为京朝官四年磨勘。① 意思是，京朝官如果没有过错，每四年正常升一阶。这次许遵升迁时，尚未进行元丰改制，四品以下正、从品内还分上下，官阶有34阶，从正六品下的知州到从三品的大理寺卿，中间有10阶，如果按照常规升阶，需要40年，期间还不能有任何过错。这一任命，形同平地惊雷，能不让人惊掉下巴吗？升官随着升阶是天经地义的，但还有一种情况，就是贬官也有可能升阶。熙宁七年（1074年），王安石第一次罢相，皇帝为了安慰和补偿他，将他的本官从礼部侍郎迁到吏部尚书，升了9阶，多拿了9阶的俸禄。② 当然，这是特例。

就这样，许遵进了京，升了官，在快要致仕的年龄，用一年时间走完了别人30年也难以企及的艰难仕途，可谓平步青云。

这时候，一个叫做钱顗的台谏官跳了出来。

钱顗，今江苏无锡人，进士及第，担任过两个县的知县，宋

---

① 见邓小南《宋代文官选人制度诸层面》，中华书局2021年版。
② 见〔南宋〕徐自明《宋宰辅编年录校补》，中华书局1986年版。

英宗时期由金部员外郎调任殿中侍御史里行，以果断威严著称。遇到看不惯的事情，必须争个明明白白，碰到南墙也不回头，是个额头上长角的狠角色。对于许遵的一言一行，尤其是破格提拔，他实在看不惯、气不过、忍不住，便上书皇帝弹劾许遵：

>　　一人偏词，不可以汩天下之法，遵所见迂执，不可以当刑法之任。

　　意思是：他一个人偏颇的言论，不可以淹没天下的法律，许遵在阿云案中的见解迂腐固执，不适合执掌大理寺。
　　要知道，许遵是皇帝任命的，弹劾许遵，说许遵不胜任，不就等于挑战皇帝的权威吗？不是往皇帝的枪口上撞吗？

第十四章

言者无罪

但我和宋史专家研究了一下，迥然发现，皇帝这一枪还真不好开，因为宋朝的政治制度不允许。

接下来，让我们认识一下宋朝的政治制度。

在宋朝，皇帝在名义上拥有国家最高裁决权，但也须尊重宰相的执政权。根据"天下治乱靠宰相"的理念，宰相的责任不可谓不重，权力不可谓不大。那么问题来了，如何防范宰相擅权、滥权呢？

宋朝的办法是："事为之防，曲为之制。"按现代说法，就是通过分权与制衡，防止出现绝对权力。台谏的出现，就是制衡宰相，给宰相吹毛求疵的，可以说是皇帝故意给宰相群体找了一个反对派。一本书说得更直白，就是"取天下清德名望骨鲠之士以为台谏，使宰相不敢为非"。①

---

① 见〔北宋〕马永卿《元城语录解》，商务印书馆1939年版。

也就是说，宋朝实行的是君权、相权、台谏"三权制衡"的体制，皇帝拥有主权，宰相拥有治权，台谏拥有审查权。

至于台谏，并非一个官职，而是两个机构的合称。

一个叫御史台（又称宪台），负责纠察百官、肃正纲纪，途径是上疏言事、评论朝政、弹劾官员，还承担着关押高级官员、定夺疑难大案、审理上诉案件、监督重大判决的职能。长官叫御史中丞，从三品。下设三个院，一是台院，设一名侍御史（元丰改制前称侍御史知杂事），从六品，协助御史中丞掌管御史台。二是殿院，设两名殿中侍御史，从七品，在朝会和常参时，两人分别兼任左、右巡使，左巡使负责文臣，右巡使负责武官，任务是让他们站好队，别喧哗。三是察院，设六名监察御史，从七品，分别监察六部，史称"六察法"，类似如今中央各部委设立的纪检监察组。还设有殿中侍御史里行和监察御史里行，相当于见习御史，宋朝初年配置四人，庆历三年（1043年）减为二人。另外，设主簿、检法各一人，从八品。

一个叫谏院，是负责规谏讽谕的机构。宋初设左、右谏议大夫，从四品，作为寄禄官，并不到职。谏院一般由其他官员负责，称知谏院。设左、右补阙（后改称左、右司谏），正七品；左、右拾遗（后改为左、右正言），从七品。[①] 谏院下设两个直诉机构，一个叫登闻鼓院，由司谏、正言管理，一般官吏和百姓无处申诉

[①] 见虞云国《宋代台谏制度研究》，上海书店出版社2009年版。

的案子，都可以到这里击鼓申诉；一个叫登闻检院，由谏议大夫管理，鼓院不受理的状子，可以递到这里。

唐代的台与谏是有分工的，谏官负责劝谏皇帝，台官负责监察百官。但宋代台、谏都以言事弹劾为职责，职权本无多大差别，因此人们习惯把两个机构合称台谏，其中的官员被统称为台谏官。

在宋代，台谏是与相府平行的系统，独立行使监察、审查、弹劾的权力，承担着"制奸邪之谋于未萌，防政令之失于未兆"的重大职责。按照规定，台谏官上任一百天没有弹劾任何人和事，就要撤职，还要罚款，因此他们无不兢兢业业，恪尽职守。尽管他们品级不高，但"不问尊卑"，什么人都可以监督，不但可以弹劾宰相，甚至可以诤谏皇帝，因为他们是"公议"的代言人，是社会舆论的代表。可以"章奏"，以奏章向皇帝进言；也可以"廷奏"，在上朝时向皇帝进言；还可以"独对"，单独向皇帝反映问题。允许"风闻言事"，包括道听途说的话，未经证实的话，即使皇帝也无权追问风闻的出处，即使风闻失实皇帝也不能加罪，这被认为是台谏的一大特权——豁免权，也是"言者无罪"这一词语的来历。

按照惯例，宰相一旦受到台谏弹劾，就暂停职权，"待罪"家中，等候裁决。而裁决的结果，有可能是宰相辞职。

当然，皇帝也可以不采纳台谏的意见，选择支持宰相。这时，台谏可以再三弹劾，如果三次弹劾受挫，台谏官可以"待罪请辞",也就是不到御史台、谏院上班,把任命书交上去,回家关上大门,请求皇帝罢免自己。在中央集权制度下,皇命历来是无法违背的,即使是在宋代,官员也没有自行去职的权力,而台谏官在建议被皇帝否决的情况下,却享有这一特权。"谏而不听则去",不仅是士大夫的气节,也是台谏不屈从君权的姿态,还是一种合理的制度安排。这就好比现代议会制,如果议会对内阁发起不信任投票,要么是内阁辞职,要么是解散议会。"赢了继续笑傲江湖,输了卷起铺盖走人"。这就是台谏官的做派。

皇帝任命官员,也避不开台谏这一关。北宋有个大臣叫钱惟演,是吴越王钱俶的儿子,随父亲一起归顺了宋朝。他的妹妹嫁给了宋真宗的皇后刘娥的弟弟,他的长子娶了宋仁宗皇后郭氏的妹妹,他的次子娶了宋太祖女婿的女儿。他很早就当上了知制诰,后来又当了枢密使,但枢密使只是荣誉职务,并无实权,不参与朝政和签署命令,而他想要的是"真宰相",因此他找到垂帘听政的太后刘娥,表达了"入相"的强烈愿望。但宰相的任免,程序极其复杂,在皇帝表示同意后,翰林学士还有封还"词头"的权力,给事中①还有"驳正"的权力,最后还需要宰相副署。就算走完全部程序,还有台谏这一关要过。果然,闻听担任地方官的钱惟演来到京城四处"活动",没等他拜相进入程序,监察御

---

① 门下省的官员,共四人,正四品,负责驳正朝廷政令和人事任命的错误。

史鞠咏①就上了一道诏书，说钱惟演身为外戚，品质恶劣，坚决反对拜他为相。就这样，钱惟演的入相梦被扼杀在了摇篮里。

过了几年，钱惟演听说鞠咏死了，再次来到京城，向相位发起新的冲击。侍御史知杂事范讽②看出了钱惟演的意图，上奏宋仁宗和刘太后，坚决反对重用钱惟演。殿中侍御史郭劝③也上书，说钱惟演住在京城是觊觎相位，要赶紧督促他离开。刘太后病逝后，钱惟演来到京城奔丧，宋仁宗又想提拔他。已经晋升为权④御史中丞的范讽立刻对钱惟演发起弹劾，并以辞职要挟皇帝，逼迫皇帝将钱惟演贬到了湖北随州。

其实，台谏官中范讽这样的牛人很多，他们不仅以质疑宰相为业，甚至对皇帝也不客气。

包拯，今安徽合肥人，进士及第，先后任监察御史、知谏院、权知开封府、权御史中丞，以敢于直谏、判案公正著称，连皇帝都怵他三分。他曾挂过龙图阁直学士之职，所以被称为"包龙图"，在戏曲中则被称为"包青天"。宋仁宗宠爱张贵妃，想任命她的伯父张尧佐为宣徽使，结果权御史中丞包拯"大陈其不可，

---

① 鞠咏，开封人，进士，不惧权贵，处事公正，因得罪宰相被贬往外地，回京后仍公正地对待人和事。

② 范讽，齐州（今山东济南）人，进士，旷达豪放，刚正不阿。先后任州通判、知州、侍御史、右谏议大夫、权御史中丞、龙图阁直学士、权三司使、给事中。

③ 郭劝，郓州（今山东东平县）人，进士，先后任州通判、知府、殿中侍御史、翰林侍读学士。因为上书劝谏，多次被贬。他为政清廉，家中没有余财。

④ 权，暂时代理官职，一般指官员补充缺职，也指由候补而正式任命。

反复数百言"，讲到激愤处，唾沫甚至喷到了皇帝脸上。宋仁宗回到宫中，把满腔的憋屈撒到张贵妃身上："你就知道要官要官，就不知道那包拯是御史中丞吗？朕的脸都被他弄脏了！"宋仁宗任命了三任三司使，都受到包拯的弹劾，全被拉下了马，宋仁宗实在没辙，干脆下诏："权御史中丞包拯为枢密直学士、权三司使！"包拯呢，居然当仁不让，大大方方地接受了任命。这一下，御史们闭嘴了，但翰林学士欧阳修不干了。他认为，御史的天职是监察朝政、弹劾官员，你怎么抨击都不过分，但把别人赶走自己取而代之，这是"取其所不宜取，为其所不宜为"，有"别有用心"之嫌。包拯听说后，赶忙提交辞呈，躲在家里避嫌。

让人无语的事儿，还有一件。一天，宋仁宗与御史中丞张昇谈话，以亲切的口吻说："卿孤寒，凡言照管。"意思是你家人丁不旺，凡事要小心。这本是一句推心置腹、嘘寒问暖的话，可张昇回应说："臣并不孤寒，陛下才孤寒。"仁宗惊了一下："为什么？"张昇说："臣家里有妻小，外面有亲戚，陛下呢？"这话直刺宋仁宗的痛处，因为宋仁宗的儿子相继夭折了，晚年还没有子嗣。回宫后，宋仁宗依旧黑着一张脸。皇后一再追问，他才复述了刚刚的对话，二人忍不住抱头痛哭。伤心归伤心，却不能责罚张昇。

大宋名相吕公著把台谏的作用归结为四句话："规主上之过失，举时政之疵谬，指群臣之奸党，陈下民之疾苦。"而挂在大宋官员口头的另一句话，比吕公著说得还透彻，那就是："执政得失问台谏！"

可以设想，台谏对皇帝和宰相监督到这种程度，尽管在某些时候影响了朝廷的运转效率，但却最大限度地避免了皇帝滥权、宰相滥政、专政和懒政，群臣欺男霸女、贪赃枉法。我认为，这是中央集权王朝时期政治文明的一座高峰。

正如孟德斯鸠在讨论权力制衡时说的那样：

> 问题不应该是让人去阅读，而应该是让人去思考。

假如有这样一个读者沙龙，让我主持，我会以钱穆老先生的一段话做开场白：

> 中国传统政治，皇帝不能独裁，宰相同样地不能独裁。而近代的中国学者，偏要说中国的传统政治是专制是独裁。而这些坚决主张的人，同时却对中国传统政治，对中国历史上明白记载的制度和事迹，从不肯细心研究一番。他们也许又会说，不许任何一人专制，是最高明的专制。不许任何一人独裁，是最深刻的独裁。总之，他们必要替中国传统政治装上"专制"二字，正如必要为中国社会安上"封建"二字一般，这只是近代中国人的偏见和固执，决不能说这是中国以往历史之真相。[1]

---

[1] 见钱穆《国史新论》，生活、读书、新知三联书店2018年版。

撇开沙龙不说,有心的读者或许会问我:台谏官如此强势,还允许"风闻言事",允许捕风捉影。台谏官也是人,不是神,谁也难保他们不利用特权无端整人吧。

不必讳言,他们还真有一个大污点,制造过一个大冤案。

第十五章

台谏的污点——乌台诗案

这件大冤案,发生在苏轼身上。

大概有些人,生来就不是做路人甲、跑龙套、当走卒的,他们是浩瀚银河中心最耀眼的星光,是迢迢远山深处最清洌的甘泉,是无垠沙漠尽头最丰美的绿洲。苏轼就是这样一个人,做事情,要么不做,做就能做到最好,达到极致。他的散文,位列"唐宋八大家";他的词,被称为宋代词人之首;他的诗,与黄庭坚并称"苏黄";他的书法,与米芾、黄庭坚、蔡襄并称"宋四家",其《寒食帖》被誉为"天下第三行书"[①];他的画,与米芾、李公麟并称"宋三家"。说起他来,不用生公说法,石头也会点头。

嘉祐二年(1057年),20岁的苏轼和18岁的弟弟苏辙同时

[①] 王羲之的《兰亭集序》被誉为天下第一行书,颜真卿的《祭侄季明文稿》被列为天下第二行书。

应试。省试主考官是欧阳修，小试官是梅尧臣。两位考官正在倡导诗文革新，当看到一篇名为《刑赏忠厚之至论》的策论，其清新洒脱的文风，流畅严谨的表述，一下子抓住了他们的心。按说，这是一篇可以排在榜首的策论，却因欧阳修误认是弟子曾巩所作，为了避嫌，评了个第二。

嘉祐六年（1061年），苏轼又参加了制科考试，入第三等，成为正八品的签判。

后来，当他为父亲、发妻守完丧，结束丁忧回到汴京时，发现京城刮起了一场政治风暴，包括恩师欧阳修在内的许多师友，因为批评"青苗法"，被划入了保守派，或被外放，或被免职。

在宋朝这个讲道学、崇理学、尊孔子的年代，敢于冲破传统思想的束缚，进行有可能使自己身败名裂的社会变革，的确是需要巨大勇气和胆识的，基于此，苏轼对王安石是佩服的。而且，苏轼从根子上说，也是一个勇于创新的人，否则就不会对词进行诗化与散文化改革，更不会创建与婉约派相对立的豪放派了。变法初期，苏轼和弟弟苏辙也是提倡变革的，他们还写了一些变革文章和奏疏，有的观点比王安石还要激进。

可是，当发现变法太激烈、太急躁、太过头，对百姓不利时，这个正直的人沉不住气了。熙宁四年（1071年），苏轼开始为新法的不足进言，他说："孟子说过'其进锐者其退速'，孔子也说过'欲速则不达，见小利则大事不成'，变法应该循序渐进，不能操之过急。"继而，他向皇帝建议："不要太重财政，不要与民争利。"他还用九个字概括了自己的想法:"结人心,厚风俗,存纪纲"。在后人看来,苏轼这些话,既谈不上反对变法,也算不上多么犀利,而且还很有见地。但在变法派与保守派剑拔弩张、水火不容的当时,对变法赞颂得不到位都要受到冷落,更何况是对变法"不恭"的文字了。于是,当王安石看到苏轼那秀美的字体时,脸涨得通红,随即安排御史谢景弹劾苏轼。

被弹劾的结果是,苏轼外放为杭州通判,随后调任密州(今山东诸城市)知州、徐州知州。元丰二年(1079年)春,再调任湖州知州。按说,八年换了四个地方,折腾来折腾去,他也步入了中年,再大的棱角也该磨平了,再倔的性格也该平和了。

须知,弱小、无知不是生存的障碍,傲慢才是。抵达湖州后,他给宋神宗写了一封《湖州谢上表》。这封上表其实只是例行公事,先叙自己本无政绩可言,再叙皇上一直厚爱自己,然后表态在新岗位尽心尽力。但在最后,苏轼没忍住,发了一点小感慨:

陛下知其愚不适时,难以追陪新进;察其老不生事,或能牧养小民。

这一下,捅了马蜂窝,原因在于"新进"二字。"新进",是时人对得到突击提拔的变法派人士的贬称。问题是,不但皇帝身边有一批"新进",御史台里也有一批"新进"。

很快,御史台里的"新进"就挽起袖子放火了。

六月，监察御史里行何正臣上书弹劾苏轼，说苏轼"愚弄朝廷，妄自尊大"。理由是，苏轼在谢表中说自己"老不生事"，暗示"新进"人物"生事"。

仅凭谢表里的两句话，显然不足以给苏轼定罪。那么，到哪里去找新罪证呢？

说起来，苏轼也是倒霉。此前，他刚刚出版了《元丰续添苏子瞻学士钱塘集》，正好成了御史台"新进"的靶子。

监察御史里行舒亶天天盯着苏轼的集子，时而念念有词，时而摇头晃脑，不知道的还以为他是苏轼的粉丝。几天后，一封署名舒亶的弹劾书摆到了皇帝面前，前面是论点："包藏祸心，怨恨朝廷，诽谤谩骂，从而缺少为人臣子节操的人，没有超过苏轼的。"后面是证据："陛下发青苗钱给乡村民户，他说'赢得儿童语音好，一年强半在城中'；陛下以法律考核郡吏，他说'读书万卷不读律，致君尧舜知无术'；陛下兴修水利，他说'东海若知明主意，应教斥卤变桑田'；陛下禁止食盐私营，他说'岂是闻韶解忘味，尔来三月食无盐'。"最后还留了一个意味深长的尾巴："其他触物生情之作，随口道来，无不以讥讽诽谤为主。"看来，这是一个写文章的高手，假以时日，如果他把精力用在写文章而不是整人上，或许能入列"唐宋八大家"。

御史中丞李定，这个曾因不服母丧被抨击的高官，脸皮比脚板还厚，攻击起苏轼来没有任何底线。他说，苏轼最初不学无术，居然滥得时名，偶尔高中制科，实在岂有此理！苏轼急于获得高位，心中不满，便一再讽刺当权者。皇帝对他宽容已久，希望他改过自新，但他拒不从命。虽然他的诗荒谬浅薄，但在全国影响甚大，因此应对他处以极刑，以正朝纲。

令苏轼极度伤心的是，就连他的好友——科学家沈括，也拿着两人分别时苏轼赠给他的一首诗，检举了苏轼。

就这样，这几颗跳起来要命的心，这几个想起来发疯的人，开出了黑如暗夜的恶之花。

在今天看来，这完全是一个莫须有的可笑事件。而且，宋神宗并不糊涂，内心又不存在迫害苏轼的敌意，苏轼应该比较安全吧？

然而，皇帝的决定也有被左右的时候。因为代表"公议"的谏官所说的话，别人无法申辩与反驳，也不存在调查和仲裁机制。谏官言之凿凿，受伤害者无处申辩，不知情者却误以为白纸黑字是舆论所在。而宋神宗为了维护自己尊重舆论的形象，当批评苏轼的言论汇成一股洪流时，他也无法为苏轼开脱了。而且，朝廷极力推行的新法正进入艰难时期，听说苏轼讥讽变法证据确凿，宋神宗心里也不爽快，便答应了台谏官的奏请，派官员前去捉拿苏轼。

好事不出门，坏事传千里。有人偷偷告诉苏轼，他的诗被检举揭发了。苏轼听后先是一怔，然后潇洒地说："今后我的诗不愁皇帝看不到了。"当坏消息越来越多时，他就潇洒不起来了。尽管他的好友——驸马王诜通过苏辙将朝廷即将捉拿他的消息提前通报了他，他也有了思想准备，并把公务交给了助手。但是，当钦差皇甫遵带着士兵来到湖州时，他还是慌乱得像尾巴着火的老鼠，躲在后院不出来。他的助手说："钦差已在前面等着了，躲是躲不过的。"他正要出来，又犹豫了："穿什么服装面见钦差呢？已经犯了罪，还能穿官服吗？"助手说："什么罪还不知道，还是穿官服吧。"

苏轼身穿官服出来，向钦差谢罪。钦差坐在座上，板着脸，半天不说话，只是用一双眼睛盯着他。

气氛越来越紧张，苏轼越来越慌张，说："我自来疏于口舌笔墨，看来把朝廷惹恼了，今日必是赐死，请允许我回家与家人告别。"

钦差这才慢吞吞地说："不至于此，只是传唤进京而已。"话说得轻巧，但这哪里是传唤的阵势呀？！官衙的人全都吓得手足无措，躲躲藏藏。

至于苏轼，全部遭遇还不知道半点起因，他只怕株连亲朋好友，因此在途经扬州江面和太湖时，几度试图跳水自杀。假若不是钦差看管得严，江湖淹没的将是一大截明丽的中华文明。

20天后，他躬身走进了御史台监狱。由于御史台中栽了许多柏树，树上常常落满乌鸦，因此人称"乌台"，影射御史是"乌鸦嘴"，苏轼案也被称为"乌台诗案"。

过了两天，他被正式提讯。苏轼先报上年龄、世系、籍贯、科举考中的年月，再叙官场履历和由他推荐为官的人。他说，从为官开始，他曾有两次不良记录，一次是任凤翔通判时，因与上司不和而未出席秋季官方仪典，被罚红铜8斤；另一次是在杭州任内，因小吏挪用公款，他未报呈，也被罚红铜8斤。"此外，别无不良记录"。

最初，苏轼不承认有用文字诽谤朝廷的行为。御史们找出他的69篇诗文，作为诽谤朝廷的证据，他才不得不承认，有两首诗是讽刺青苗法和盐法的，其余文字均与时事无关。御史台审问他"东海若知明主意，应教斥卤变桑田"两句诗的用意，他拖了两天才承认是讽刺水利工程。至于《戏子由》一诗，直到四天后，他才迫于压力承认自己不该这样写。

李定向皇帝报告了案情进展，说苏轼面对弹劾，终于承认了。宋神宗大惊，怀疑苏轼要么是受刑不过，要么是试图保护同党，问李定可曾用刑。李定回答："苏轼名高当时，辞能惑众，为避人言，不敢用刑。"宋神宗大怒，命令御史台严加审查，一定要查出同党。

到九月份，御史台搜集到了苏轼寄赠他人的大量诗词，有39人受到牵连。

在等待判决的日子里，大儿子苏迈每天去监狱送饭。由于父子不能见面，所以暗中约好：平时只送蔬菜和肉食，如有死刑判决的坏消息，就改送鱼，以便早做准备。一日，苏迈因银钱用尽，需出京去借，便将为父亲送饭一事委托一位远亲代劳，却忘了告诉远亲送饭时的暗号。偏巧这位远亲送饭时，给苏轼送去了一条熏鱼。苏轼大惊，以为凶多吉少，便含泪给弟弟苏辙写下了"与君世世为兄弟，更结来生未了因"的诀别诗。

十一月底，御史台完成了对苏轼的讯问，按照宋朝司法制度，进入了"录问"程序。面对录问官，苏轼表示认罪。于是，御史台以类似于公诉人的身份，将苏轼案移送大理寺。那段日子，看守们见了苏轼，都叹口气，然后摇摇头，仿佛面对一个快要断气的病人。

那么，苏轼这个士大夫会掉脑袋吗？

这个问题，需要到宋朝的一块石碑上找答案。

第十六章

宋朝不杀士大夫

在古代，被皇帝砍头的士大夫数以万计。从秦朝开始，中国进入了中央集权的专制社会，皇帝作为"受命于天"的天子，将国家的司法、立法、行政、军事等大权集于一身，拥有神圣的地位和至高无上的权力。"朕即法律"，不允许有任何违抗或异议。"君要臣死，臣不得不死"，皇帝对臣下握有生杀予夺的特权。李斯被秦二世胡亥"灭三族"①，嵇康②被曹魏砍头，崔浩③被北魏太武帝拓跋焘"灭九族"④，宋之问被唐玄宗赐死，文天祥被元世祖

---

① 源于商代的一种酷刑，指灭父、母、子三族或父、兄、子三族。
② 三国时期魏国思想家、音乐家、文学家，"竹林七贤"的精神领袖，因为拒绝出仕为官，加上大臣的陷害，被执政的司马昭处死。
③ 南北朝时期北魏政治家、战略家、史学家，皇帝的重要谋臣，因为在修史中秉笔直书，被太武帝拓跋焘灭九族。
④ 源于秦代的酷刑，一种说法为本身及本身以上的父、祖、曾祖、高祖，以下的子、孙、曾孙、玄孙；另一种说法为父族四（自己一族，出嫁的姑母及其儿子，出嫁的姐妹及其外甥，出嫁的女儿及其外孙），母族三（外祖父一家，外祖母的娘家，姨母及其儿子），妻族二（岳父一家，岳母的娘家）。

忽必烈所杀，方孝孺①被明朝皇帝朱棣"灭十族"，清朝康熙、雍正、乾隆大兴文字狱。在那个时代，臣民要想捍卫人身自由和言论自由，纯属奢望。

但宋朝是一个例外，因为太庙里有一块石碑。

史载，北宋建隆三年（962年），宋太祖赵匡胤秘密镌刻了一块誓碑，立在太庙寝殿的夹室内，平日用黄色幔布盖着，并用铁锁锁得严严实实。每当皇帝祭祀，或者太子继位，朝拜完太庙以后，必须打开夹室恭敬地宣读誓词。除了一个不识字的宦官跟着皇帝，其他人只能在远处恭候。因此，大臣们都不知道誓碑上刻着什么，历任皇帝也不敢泄露誓词。

直到"靖康之变"，金兵攻占了汴京，打开太庙的密室，三行誓词方才大白于天下：

一、柴氏子孙，有罪不得加刑，纵犯谋逆，止于狱内赐尽，不得市曹刑戮，亦不得连坐支属；

二、不得杀士大夫及上书言事人；

三、子孙有渝此誓者，天必殛之。②

---

① 方孝孺，明朝初年学者，被建文帝任命为翰林侍讲学士。"靖难之役"中被俘，拒不向朱棣屈服，被朱棣在九族之外，把他的学生列为一族，创造出"灭十族"的惨绝人寰之举。

② 见〔南宋〕陆游《避暑漫抄》，商务印书馆1939年版。

这时，赵匡胤已经当上了大宋皇帝，一言九鼎，口含天宪。要知道，在此之前和之后的中国文人，被统治者呼之即来、挥之则去，一言不合就大刑伺候，敢于顶撞就斩首示众。而他敢于以碑刻这种不易磨灭的方式，作出"不杀文人和言官"的庄严承诺，在中国历史上是空前绝后的。不但虚心纳谏的汉高祖做不到，连从善如流的唐太宗也做不到。中国前后有过422个皇帝，只有赵匡胤做出了这一承诺，为什么呢？

因为赵匡胤靠"陈桥兵变"当上皇帝后，一直思考如何改变唐末至五代以来藩镇割据、军人乱政、兵燹成灾的弊端。他曾经感慨："五代方镇残虐，民受其祸。朕令选儒臣干事者百余，分治大藩，纵皆贪浊，亦未及武臣一人也。"意思是，我让百余个文臣治理国家，纵然他们人人贪腐，其危害性也不如一个将领作恶。可以说，宋朝实行文治，是皇帝悟出来的，也是被逼出来的。

乾德三年（965年），北宋灭掉后蜀后，后蜀把一位娇美的宫女送入后宫。一天，赵匡胤观赏她的镜匣，发现了一面后蜀的铜镜，背面铸有"乾德四年"的字样，而后蜀是宋乾德三年灭亡的，他大为惊奇，问群臣："这是怎么回事？"

宰相赵普等都低头不语，根本答不上来。

于是，赵匡胤把翰林学士陶谷、窦仪招来，窦仪说："乾德是40多年前伪蜀的年号，前蜀主王衍用过这个年号，一共用了6年，铜镜应是那时铸造的。"听完这段话，赵匡胤的脸色变得比锅底还黑,他说:"赵普过来!"

赵普磨磨蹭蹭地来到御案前,准备挨打。

赵匡胤并没打他,而是拿起一支笔,饱蘸墨汁在他的脸上涂画,一边涂,一边骂:"看你以后还读不读书! 看你以后还读不读书! 看你以后还读不读书!"

据说,赵普从此发奋读书,虽然只有半部《论语》。而赵匡胤也感慨万千地说:"宰相还是要用读书人。"①

从此,他愈加坚定地将文治置于武功之上,下决心确立了"重文抑武""与士大夫共治天下"的国策,然后就有了这块誓碑,给天下文人从政为官、发挥才干、敢于直言、恪尽职守创造了一个难得的宽松氛围,致使有宋一代形成了"贬斥势利、崇尚气节"的社会风气。

整个北宋时期,这块石碑上的誓词得到了历任皇帝的忠实执行,犯错、犯罪的文官只会被贬、被流放,却没有一个文官被杀。元丰年间,宋朝对西夏作战失利,宋神宗要杀一名失职的转运使来泄愤,没想到承旨办案的宰相蔡确②拒绝执行,理由是:"太祖以来,从未杀过士人,臣等不想让陛下开这个先例。"接下来,宋神宗说,不杀可以,必须把他刺配边远贫穷的州郡。副宰相章

---

① 见〔北宋〕叶梦得《石林燕语》,〔南宋〕李焘《续资治通鉴长编》。
② 蔡确,今泉州晋江人,进士及第,一生崇尚气节,不拘小节,是王安石变法的主要支持者之一,曾任监察御史里行、侍御史知杂事、知制诰,元丰年间任尚书右仆射兼中书侍郎(右相),哲宗即位后任左仆射兼门下侍郎(左相)。

惇①又站出来反对，说："既然这样，不如杀了他。"他认为"士可杀，不可辱"，黥面对于士大夫来说，胜于刑戮。事后，宋神宗对两位宰相喟然长叹："快意事更做不得一件！"章惇居然像吃了枪药一样回应："快意事，不做得也好！"

《宋史》上说，只有宋高宗赵构开过杀戒。建炎元年（1127年）八月，太学生陈东、进士欧阳澈上书反对罢免李纲，要求"还汴京、治兵、亲征、迎请二帝"，被赵构下令处死。②后人分析原因，一是两人要求迎回二帝，暗示着对宋高宗称帝合法性的怀疑，这是赵构无法接受的；二是两人要求请回反对南迁的宰相李纲，意味着停止南逃，会危及赵构的生命安全，他必须断然处置；三是他不是太子，登基时汴京已被金军占领，他没有机会接触太庙的"誓碑"，不清楚大宋不杀文人和言官的誓词。

不久，和宋徽宗一起被金兵押解北去的承信郎曹勋，从燕山逃回南京（今河南商丘市），见到了宋高宗，呈上了宋徽宗的半臂绢书，还捎来了宋徽宗的口信：

> 你回去要告诉皇上，太祖有约，藏在太庙，发誓不诛杀大臣、言官，违反者将不得好死。所以七代皇帝一直遵守，从未违反过。我每每想起靖康年间杀罚严重，今天我们遭受

---

① 章惇，今福建浦城县人，出身世族，进士及第，相貌俊美，高傲自负，元丰年间任门下侍郎（副宰相），是王安石变法的参与者之一。

② 见〔南宋〕李心传《建炎以来系年要录》卷8，中华书局1956年版。

的大祸，虽然不仅仅是这一个原因，但是知晓后就要改正啊！①

听完父皇的口信，宋高宗后悔不迭地说："当初杀陈东等人，出于仓促，最终犯了以言责人的错误，朕很是后悔啊！"随后，为几个被杀的人平了反，还几次下诏道歉。

在此之前，中国式的平反昭雪只有三种情况：一是前君已死，后君为缓和各种矛盾显示宽大；二是国家和君主本人遇有较大灾难时的自我反省；三是当事人不断申诉，而统治者的权力结构发生了变化。像陈东这样，因为一块石碑而被平反，在历史上绝无仅有。

南、北宋之分，不过是后人看历史偷懒的一种办法，历史上的两宋其实是一个整体，皇室血脉是一脉相承的，国祚是连续不断的。宋太祖确立的治理体系与基本制度，南宋并未更改。"陈桥兵变"之前，已经有了五个短命王朝以兵变登场，又被兵变推翻。赵匡胤通过在陈桥"黄袍加身"建立的大宋，为什么没有成为第六个短命王朝，而且享国319年，成为汉朝之后国运最长的一个朝代，答案只有一个，就是大宋宽松、包容、开明的政治制度。

须知，任何文明的硬壳都是政治，如果没有好的政治，再美

---

① 见〔宋〕曹勋《松隐文集》卷26《进前十事札子》。

好的文明都活不下来。中华文明从元朝到大清一路倒退，问题并不反映在军事上、经济上，而是在政治上。那些一言不合就大开杀戒的朝代，何谈文明？

可以肯定的是，宋神宗继位时到过太庙，知道宋太祖"不杀士大夫"的誓词，因此不会因为苏轼去开杀戒。但苏轼不知道，所以战战兢兢；大臣们也不知道，所以纷纷在大理寺判决的关键时刻站了出来，其中既有苏轼的保守派朋友，也有和苏轼非亲非故的人，还有苏轼政治上的对头——变法派人士。

王安石的亲家——宰相吴充对皇帝说："陛下以尧舜为榜样，反而容不下一个苏轼，为什么？"皇帝赶紧说："我没有其他意思，只是让他解释清楚，会放了他的。"

王安石的弟弟——直舍人院王安礼向皇帝进言说："现在一旦加罪苏轼，恐怕后世会说陛下容不得人才。"皇帝一再解释说，自己并无加罪苏轼的意思，只是台谏官弹劾他，需要走程序。

就连已经致仕、闲居金陵的王安石，自己浸泡在寒冰里，却忘不了给对方一个温暖的胸膛。他尽管一直对苏轼反对变法耿耿于怀，但不忍心看到苏轼这种天才倒在下三滥的手段下，因此大老远给皇帝写来奏疏："岂有盛世而杀才士乎？"

更令皇帝意外的是，宋神宗的祖母——曹太皇太后见到宋神宗，流着泪问："苏轼、苏辙兄弟安在？"宋神宗惊奇地问："娘娘怎么会知道二苏？"祖母说："我还记得当年你爷爷主持殿试回来，高兴地说：'朕今日为子孙得两宰相矣。'"宋神宗这才老实地回答："苏轼有案在身，入狱了。"祖母又流泪。看到祖母身体不好，宋神宗想大赦天下，为祖母祈福，但祖母说："不需要赦免天下凶恶之徒，只要放了苏轼，我就满足了。"①

不久，大理寺做出裁决：

一、苏轼与驸马交往中，存在不正当的利益输送，属于"不应为"，按大宋律法，追夺官职，杖八十。

二、苏轼刚到御史台时不据实招供，加杖一百。

三、苏轼作匿名文字，谤讪朝政和臣僚，判两年徒刑。依照"九品以上官员被判徒刑者，一级官阶抵一年"，苏轼须降两阶。

综合三项罪名，追夺官阶，勒令停职，流放。

然后，大理寺把判决报告呈送宋神宗敕裁。宋神宗下诏：

降苏轼为黄州团练副使。

与苏轼有牵连的官员也受到处罚，驸马王诜被降两阶，勒令停职；苏辙贬为监筠州（今江西高安市）盐酒税务；王巩贬为监宾州（今广西宾阳县）盐酒务；张方平、李清臣罚铜30斤；司马光、

---

① 见〔北宋〕方勺《泊宅编》，中华书局1997年版。

曾巩、黄庭坚、范镇各罚铜20斤。

最终,"乌台诗案"尘埃落定,坐牢103天的苏轼活着走出了御史台,被贬到黄州(今湖北黄冈市)。这个结果,从苏轼的角度讲,实在冤枉。但在御史台"新进"们看来,没弄死你,就算是失败了。

在长江边,苏轼盖起一座小屋,门窗是他亲自油漆的,壁上画有雪中寒林和水上渔翁。他还带领家人在城东开垦出一块荒地,命名为东坡,自称东坡居士。在那里,"价钱如泥土"的"黄州猪肉",被他创出红烧的做法,后来冠名"东坡肉"。一天,他来到黄州城外的赤壁山,面对"江上清风与山间明月",写下了"大江东去,浪淘尽,千古风流人物"的壮美词句。又有一天,他闲逛到清泉寺,留下了一首满含人生况味的诗:

　　山下兰芽短浸溪,松间沙路净无泥。
　　潇潇暮雨子规啼。
　　谁道人生无再少?门前流水尚能西!
　　休将白发唱黄鸡。

正是在黄州,他的文学与人生得到了质的升华。在中国的文学长空,真正值得冬天响一声雷的,只有屈原、李白和苏轼。

我必须指出,对苏轼和亲朋来说,"乌台诗案"是一场地地道道的无妄之灾;对于台谏官来说,"乌台诗案"是他们永远难以洗刷的历史污点。但作为一名宋朝政治制度的观察者，我从这场"文字狱"，既看到了北宋后期党争背景下政治上的不宽容，台谏系统过于强势、不受约束带来的负面效应，也从"乌台诗案"的审判程序发现，无论台谏官给苏轼寻找的罪证多么庞杂，罗织的罪名多么吓人，营造的声势多么巨大，但司法机关对于苏轼的指控，仍然只限于法律有明文规定的"不应为"和"作匿名文字谤讪朝政"两个具体罪名，并没有将控罪泛政治化，扣上"大逆不道"的帽子。最后，宋神宗不仅忠实遵循"大宋不杀文官"的誓词，还在敕裁中放了苏轼一马。

与明、清时期杀人如麻的"文字狱"比起来，苏轼和他的士大夫朋友们幸运多了。不得不说，这是大宋文明的又一抹亮色。

接下来，我们还是回到阿云案。

既然台谏官如此强势，那么，他们弹劾许遵，质疑宋神宗的任命就不奇怪了。对于宋神宗来说，如果与台谏官直来直去地对掐，既有失皇帝的身份，也不符合皇帝的风格；如果在许遵提拔问题上和稀泥，会让群臣感觉这次任命太随意。于是，他抓住了本次弹劾的一个要害：你钱顗之所以质疑朕对许遵的任命，是因为你认为许遵在阿云案中固执己见、议法不当。事实上，许遵是否议法失当，你钱顗说了不算。

那么，谁说了算呢？

第十七章

两制议法

宋朝有一条司法审议制度："国家遇到疑难案件，审判机关无法裁决时，可以交给'两制'杂议。"

于是，宋神宗下旨：将阿云案交"两制"杂议。

什么是"两制"呢？

一是翰林学士院，又称翰林院，专门为皇帝起草将相大臣任免书、赦令、国书和宫廷文书，相对机密，所以称为"内制"。成员有翰林学士承旨、翰林学士、直学士、殿学士等。翰林学士在北宋前期没有品级，却是除宰相外最荣耀的职位，一般由全国最有学问、最有威信的文人担任。每当翰林学士上任，朝廷就会宴请天下名流祝贺，仪式隆重而热烈。这个职位连皇帝都羡慕，称它是"神仙之职"。宋太宗曾开玩笑说："我如果当不上皇帝，能当上翰林学士也就知足了。"

二是中书舍人院，负责为皇帝起草一般臣僚的任免以及例行文告，与"内制"相比机密程度稍低，所以称为"外制"。设知制诰数名，一般由威望高、有才华的朝廷官员兼任，并轮流值班；后来配备了专职的中书舍人，正四品。

无论"内制"还是"外制"，都是从科举考场走出来的饱学之士，对于经义、法理有着深刻理解，让他们展开讨论，一定是一幅春秋时期"百家争鸣"的景象，也一定会把案件中的疑难辩论清楚吧。

接下来，让我们进入辩论现场，认识一下出场的辩手。

这是两个重量级辩手，名声显赫，咖位相当。

一个是司马光，字君实，号迂叟，今山西夏县人，天禧三年（1019年）生，乃天纵之才，19岁进士及第。宋神宗继位后，经参知政事欧阳修推荐，任命他为翰林学士。他是一代大儒，强项是文史，著有《温国文正司马公集》和《资治通鉴》。他的诗名气不大，但雅俗共赏，其中一首叫《客中初夏》：

四月清和雨乍晴，南山当户转分明。
更无柳絮因风起，唯有葵花向日倾。

一个是王安石，字介甫，号半山，今江西抚州市临川区人，比司马光小两岁，22岁进士及第。宋神宗即位后，任命他为翰林学士兼侍讲。他和司马光一样，才高一世、名重文坛。他是思想家，他的学说被称为"荆公新学"，统治宋代思想界长达半个世纪，代表作是《三经新义》和《字说》。他还是文学家，强项是

诗文,位列"唐宋八大家"。他有两首诗流传甚广,一首是《梅花》:

墙角数枝梅,凌寒独自开。
遥知不是雪,为有暗香来。

一首叫《泊船瓜洲》:

京口瓜洲一水间,钟山只隔数重山。
春风又绿江南岸,明月何时照我还?

皇帝安排这两位精神泰斗、文化昆仑、旷古名臣展开讨论,可见对阿云案和许遵名声的重视程度。

需要注意的是,二人不仅位高权重、才高八斗,而且都有深厚的法律素养和丰富的判案经验。司马光担任过三个州、军的判官,还担任过州通判和州首席法官——知州;王安石担任过签判、通判,县首席法官——知县,府首席法官——知府,还担任过江东刑狱提典。法律高手过招,一定是火花四溅。

司马光与王安石出场后,调阅了阿云案的卷宗、许遵的抗议书、三个司法机构的复审意见,尽管二人都承认阿云并非"恶逆",不适用十恶不赦罪,但基于对法条与法意的不同理解,双方的争论焦点,最后聚焦在三个问题上:一是谋杀已伤能不能自首，涉及对"案问欲举"的理解；二是阿云算不算"故杀"，即对"所因之罪"的理解；三是"谋"与"杀"能否分开，涉及对刑名的理解。

接下来，二人各自凭借超凡的智慧和卓越的口才，引爆了一场流韵千载的辩论。

司马光一贯沉稳，可却抢先发言，还很激动：

"在本案中，阿云成亲后嫌弃丈夫，亲自拿着腰刀，来到田野里，趁丈夫在睡觉，砍了近十刀，砍断了一根手指，最初并没有坦白自首，直到官司执录准备拷问她，为形势所迫，她方才招供认罪。情理如此，有什么可怜悯的？"

言外之意，人家韦大长得丑有罪吗？你阿云有什么权力用刀砍人家？她最初并没有自首，后来被办案的人抓住，怕挨打才被迫认罪，算是自首吗？敢动手砍人的女人，能是善良之辈吗？有必要给予怜悯吗？

对于这一点，王安石几句话就堵回去了：

"县尉一吓唬，阿云就招认了。根据宋真宗年间的法律解释，到县尉这一步，只能算是刑事侦查阶段的'讯问'，还没有进入'审讯'的司法程序。既然未进入司法程序，阿云招供就算案问欲举。这虽然不合情理，却合乎法条。对吧？"

司马光脸一红，话锋一转：

"即使承认阿云的自首情节，她也不适用'减罪二等'的法律。我认为，议论法律之人，应当首先探究立法的本意，然后才可进行断案。我仔细研究了律法规定，上面说'对他人生命造成损伤的案犯，不在自首之列'。"

王安石编书不如司马光，但嘴上功夫却不亚于任何人。针对"致人损伤不允许自首"，他玩起了法律推理：

"《宋刑统》'犯罪已发未发自首'条加有注文'因犯杀伤而自首者，得免所因之罪，仍从故杀伤法'。您认真看，把人杀伤了，是可以免所因之罪，按照故杀伤罪处理的，因为法条上写得明明白白。《唐律疏议》上解释'假有因盗故杀伤人，而自首者，盗罪得免，故杀伤罪仍科'。这就是自首免所因之罪，按故杀伤罪处理呀。"

对此，司马光给予了针锋相对的批驳：

"司法解释说'因犯杀伤而自首者，得免所因之罪，仍从故杀伤法'，意思是犯人原本没有杀伤别人的意图，但结果却导致杀伤行为的发生，例如盗窃、劫囚、贩卖人口等，都是这类情况。只是担心司法机关一并不允许自首，所以特别申明'因犯杀伤而自首者，得免所因之罪'。然而，杀伤犯罪程度分为两等：处心积虑，通过狡诈的手段，趁人不备杀伤人命的，叫'谋杀'；直来直去，不顾忌后果公然杀伤人命的，则叫'故杀。'谋杀罪重，故杀罪轻。以上案犯（指因盗窃、劫囚、贩卖人口而杀伤人的）因犯他罪导致杀伤人命，他罪可以豁免，但杀伤行为会面临法律惩罚，其行为若按'谋杀'量刑则太重，若按'斗杀'处理则太轻，故而折中考虑，按故杀量刑。假如案犯仅犯杀伤罪，并无他罪，唯有尚未造成生命损伤后果的允许自首，如果已经造成生命损伤的，是不允许自首的。

"许遵所引用的苏州洪祚判例，出自《唐律疏议》，上面说'假有因盗故杀伤人而自首者，盗罪得免，故杀伤罪仍科。'《唐律疏议》既然指明是故杀伤人的情况，那么因为偷盗预谋杀伤人的，自然依照预谋犯罪的法律处理。"

显然，司马光这样解释是有良苦用心的，目的就是排除阿云适用故杀伤法判刑的可能性。因为根据案情，阿云是谋杀，绝非故杀，王安石和许遵想以谋杀定其罪，又以故杀量其刑，岂不自相矛盾？

王安石当然明白对方的用意，于是顺着对方的思路反驳说：

"《宋刑统》列举的杀伤罪名很多，有的因为预谋，有的因为斗殴，有的因为劫囚窃囚，有的因为贩卖人口，有的因为抗拒囚禁，有的因为强奸，有的因为巫术诅咒，这些杀伤行为都有各自的因，只有故杀伤没有因，因此《宋刑统》规定'因犯杀伤而自首者，得免所因之罪，仍从故杀伤法'。它的意思是，法律关于自首的规定，所因之罪既然已经允许免除，而法律不允许杀伤行为自首，在没有刑名所从的情况下，只有故杀伤是没有原因的杀伤，所以让依照故杀伤法来处理。在今天看来，因为犯过失杀伤而自首，由于所因之罪已经免除，只有杀伤罪没有免除，过失杀伤并非故杀伤，不可也遵循故杀伤法，因此《宋刑统》规定过失犯罪的，遵从原来的过失犯罪法。至于斗杀造成的伤害，由于所因之罪一般较轻，杀伤之罪一般较重，所以自首按照斗杀法的规定处理，这就是《宋刑统》的本意。唯有过失犯罪和斗杀犯罪应当按本法处理，其他的杀伤，在允许免除所因之罪后，都依照故杀伤法来处理，根据法律允许自首的罪都宽恕，根据法律不允许自首的罪都不免除。杀伤罪名原本轻的，自然依照本罪处理；杀伤罪名原本重的，便按照自首来宽恕。"

也就是说，在诸多杀伤犯罪中，唯有故杀伤没有因，故杀伤情节又最简单，在量刑举重包轻的原则下，以故杀伤法制裁杀伤最为适宜。因此，仍从故杀伤法是一条量刑条款，不是定罪条款，免除所因之罪后法律并不认为没犯所因之罪，从故杀伤法并非认定犯有故杀伤罪。所以，阿云谋杀后自首，仍旧属于谋杀罪，但可以按照故杀伤法判刑。

读者们如能静心研判，不难辨别出二人辩词的优劣。但凡抢劫大案，劫匪往往在事先就将杀人作为抢劫成功的必要手段，这种案例比比皆是。司马光认为所有盗杀都有本无杀伤之意、势不得已的特征，这是站不住脚的。

按照王安石的说法，阿云的谋杀罪，在"免所因之罪"后，就可以按照故杀伤法这一轻罪处理了。对此，司马光生气了：

"凡是议罪定刑，应当使得轻重有序，现在如果使谋杀造成生命损伤的人得以自首，从故杀伤法处理，那么假设有甲乙二人，甲因为斗殴造成别人鼻中出血，然后自首，仍须获罪六十杖；乙有仇敌，想致仇敌于死地，等到夜间将仇敌推进河里或深井，假设仇敌没死,身上又不见血,如果来自首,才承担被打七十杖的罪。二人所犯的罪差别巨大,而被判的罪行却相当。如果这样,不是姑息养奸又是什么?!"①

司马光生气了,王安石反而很镇定。议完"免所因之罪,从故杀伤法"之后,王安石还要辩清楚:谋杀是不是有"因"之罪。他说:

"如今刑部将'因犯杀伤者',解释为别'因'的犯罪造成的杀伤。我认为,法律只说'因犯',没有说过'别因',那么谋杀为什么不能是杀伤所'因'的犯罪?另外,刑部认为谋杀是专门为了杀人的,所以没有'所因之罪'。我认为,法律上说'诸谋杀人者,徒三年;已伤者,绞;已杀者,斩',先有谋杀判三年徒刑的犯罪,然后才有已伤绞刑、已杀斩刑的刑名,怎么能说这是无所因之罪? 因为盗窃而伤人处以斩刑,尚且可以因为自首免除所因之罪;谋杀伤人者须处以绞刑,绞刑比斩刑处罚要轻,难道所因之罪就不可以免吗?"

针对王安石谋杀与盗杀同属于有"因"之罪的观点,司马光反驳说:

"宋朝法律的确提到盗杀自首,可免所因之罪。但'盗杀'是两种并立的罪行,指盗罪和杀伤罪。'谋杀'则不是两种罪行。

---

① 见本书附录三:《司马光关于阿云案的上疏》。原载黄以周《续资治通鉴长编拾补》卷3,上海古籍出版社2006年版。

如果将'谋杀'也分解成'谋'——杀人的意图和'杀'——杀人的行为，在逻辑上是荒谬的。如果一个人躺在自己家里，心里想着杀人，但没有行动，那么需要'自首'什么罪呢？由此可知，'谋'不能成为'杀'之'因'，因为'谋'不可能脱离'杀'的行为而独立成为一种'罪'，'谋'字只有通过'杀'字才有意义。谋杀，谋杀，只谋不杀，何以称'谋杀'？如果把'劫''斗'和'谋'都作为所因之罪，归类于'故杀伤法'，那么斗伤自首反而罪加一等了。"

他停顿了一下，用一个类比做了小结：

"现在许遵将'谋'和'杀'区分开来。谋杀、故杀都是杀人，如果把'谋'与'杀'看作两回事，那么'故'与'杀'也可以看作两码事嘛！"

这一类比太有杀伤力了，因为在宋代七种杀伤罪刑名里，只有"故杀"是无"因"之杀，傻瓜都不会把"故杀"当成两宗罪。无疑，这是一个情急之下的文字游戏。

那么，"谋"与"杀"究竟能不能分开呢？王安石一字一句地说：

"请您认真看、仔细看：预谋杀人者，由轻到重，列出了'只谋未杀''已伤''已杀'三等刑名，分别处以三年徒刑、绞刑、斩刑三等刑罚，怎能说谋杀不能拆分？举个例子，假使甲某持刀闯入仇家，没来得及行凶就被制服，便是'只谋未杀'之罪。如今法寺、刑部以法律允许自首的'谋杀'，与法律不允许自首的'已伤'合为一罪，就是误解法律的本意。"

如果读者具备法律常识，定会得出与王安石同样的结论，因为"谋"与"杀"是可以拆解，从而构成两宗罪的。《宋刑统·贼盗律》中有一条"议"："谋杀人者，谓二人以上，若事已彰露，欲杀不虚，虽独一人，亦同二人谋法，徒三年。已伤者，绞。已杀者，斩。"这是说，谋杀是指二人以上的行为，一个人不能与自己"谋"，但只要有确凿的证据证明一个人有杀人意图，仍旧以谋杀罪论处。如果说这一规定还不明显，那么《宋刑统·名例律》中"杂条"的规定就更清楚了："假有人持刀杖入他家，勘有仇嫌，来欲相杀，虽止一人，亦同谋法；故云虽一人，同二人之法。议：但勘有欲谋杀踪由，纵无刀杖亦是。"意思是，无需有"杀"的动作，甚至不需要有凶器，只要有试图谋杀的"踪由"，谋杀罪名也能成立。这里的"谋"，在现代法典里叫"犯罪预备"，它与"杀"——"犯罪既遂"，完全可以看做两宗罪。

接下来，王安石把论点放在了"谋杀已伤"是否允许自首上。他说：

"《嘉祐编敕》上说：'谋杀人伤与不伤，罪不至死者，并奏取敕裁。'可见'谋杀已伤'并非杀无赦，也有罪不至死的情况。这罪不至死者，就是'自首'之人。我还注意到，许遵在抗议书上引用了《宋刑统·名例律》中的'律疏问答'，说明'谋罪免'已有成例。既然'谋杀亲舅'的'谋杀'罪尚可允许自首，为什么阿云'谋杀凡人'的'谋杀'罪就不允许自首呢？"

为此，司马光反驳说：

"《编敕》上的确有'谋杀人伤与不伤，罪不至死者，并奏取敕裁'的法律解释，许遵也引用了这个解释，认为谋杀已伤而罪不至死者，就是自首之人。我认为，尊长谋杀卑幼之类，都是已伤而罪不至死者，不必自首。对此，《宋刑统》规定'尊长谋杀卑幼者，各依故杀罪减二等，已伤者减一等'。尊长谋杀卑幼减刑，律文言之凿凿，免死顺理成章，何需'敕裁'？需要敕裁的，一定是像阿云这样'谋杀凡人'，法律没有明确规定减刑的人。许遵引用《宋刑统·名例律》'律疏问答'中的话，一处是'谋杀凡人，而说是其舅'，一处是'谋杀之罪结束，明显是谋杀的，允许自首'。我的观点是，无论是凡人还是亲舅，审问结果证明只是在预谋阶段，而且尚未造成伤害，才可以自首免罪。如果已经出现伤害，怎么会允许自首呢？"

王安石接过话头，一板一眼地说：

"您的意思是，因为谋杀而造成了伤亡的结果，情理上更重，如果对此适用自首的规定，那么可能就此打开了奸邪之门。我认为，司法部门议罪，只能遵守法律，不能因为顾虑是否养奸而法外重判。至于情理的轻重，就需要上报皇帝，请皇帝敕裁。如果司法部门动不动抛开法律去论罪，那么就将造成司法混乱，人们就手足无措了。"

对于王安石的步步紧逼，司马光实在忍无可忍，再也不想废话，只能义正辞严地总结：

"允许阿云以铜买死罪,已是圣上宽恩。许遵替她说话,试图让天下今后以此案为例,统统给予减二等的判决遣发,臣担心既不足劝善,也无法惩恶,开投机之路,长贼杀之源,奸邪得志,良民受弊,这不是引导人们当好人啊。"

这是一场没有输赢的辩论,两人的对话相当精彩,跟话剧和小说似的。我在此声明,笔者在其中没有任何的添油加醋,他们的每一句话都有史可查,如果读者不信,可以去本书的附录二、三,读一下原文。

听完这场辩论,一般人都会被绕晕。在这里,笔者以"后见之明",替两个辩手总结梳理一下。双方的主要分歧出在两个方面。

第一,二人引用的法律"根据"不同。王安石引用的是《宋刑统》中的"自首"条,是"谋杀"中的自首,就是把"谋杀"与"已伤"分开。因为"谋杀"允许自首,而"已伤"不能自首。司马光引用的是《宋刑统》中的"已伤"条,就是罪犯造成受害人"已伤"的,不适用自首。综上所述,造成双方争执不休的根本原因,还是宋朝法律有漏洞。法律虽然规定"谋杀已伤"怎么判,却在谋杀自首和已伤自首的规定上存在矛盾。

第二,二人的法律理念不同。王安石倾向于"疑罪从轻"的司法原则,所以选择了《宋刑统》中允许自首的"谋杀"条;司马光倾向于"除恶务尽"的司法原则,所以紧紧抓住《宋刑统》中不允许自首的"已伤"条不放。

从逻辑学上来说，要想说服对方，必须首先了解对方的思维方式，也就是对方的逻辑起点。需要把自己根深蒂固的思维方式暂时放一放，顺着对方的思维轨迹先走走看，这样才容易找到合适的对话起点。问题是，司马光和王安石都有固执己见的毛病，他们的逻辑起点不同，又不愿从对方的角度去思考，结果就只能像两条平行的直线一样，永远无法相交。

一场辩论下来，谁也没有说服谁。二人只好将自己的辩词加以整理和完善，形成了报告书，然后上呈宋神宗，请皇帝圣裁。在上呈的报告里，王安石支持许遵的判决，司马光则支持三个司法机构的裁定。

那是一个初夏的上午，天闷热得有些反常，空气中能攥出水来。两个人的报告摆在面前，宋神宗一边擦汗，一边叹气："唉，本来，是想让'两制'帮朕解决问题，结果争了半天，也没能达成一致，还是不能证明许遵是对的。"

怎么办呢？

第十八章

第二次大辩论

在宋神宗唉声叹气的时候，御史中丞滕甫来了，他不是来看热闹的，而是来解决问题的。不过，他解决问题的方法，一点儿新意也没有，他说："既然王安石和司马光无法达成共识，那就让别的两制官定议吧。"意思是，继续辩。

"只能这样了。"宋神宗同意了这个提议。不过，他这次多了一个心眼，委派参加讨论的，由此前的两个人，变成了三个人。两个人往往形成"对垒"，三个人只能围在一起"讨论"。

这三个人是：翰林学士吕公著，知制诰韩维、钱公辅。

吕公著，今安徽寿县人，好学上进，淡泊名利。宋神宗继位后召为翰林学士、知通进银台司，因为封还宋神宗罢免司马光的诏命，进而反对新法，成为保守派人士。宋哲宗登基后，吕公著与司马光同心辅政，成为一代良相。

韩维，今河南杞县人，是参知政事韩亿的五儿子。父亲辅佐朝政时，他自动回避未能参加科举考试，只能凭借父亲的恩荫进入官场。他和王安石都是欧阳修的门生,政见近似,因此在为亲王赵顼讲学期间,多次推荐王安石。熙宁二年(1069年),他被宋神宗任命为翰林学士、知开封府,属于变法派。

钱公辅,今江苏常州人,进士及第,曾任知制诰。宋神宗继位后,再次就任知制诰、知谏院。他与王安石同岁,也是老朋友。

从三人的履历看出,一人是司马光的旧交,二人是王安石的朋友,但此时变法尚未开始,还没有新党、旧党之分,他们不会也不可能抛开公事去照顾谁的情面。

坐在棋盘前,第一件事一定是清理棋盘。三个人吸取了第一次两制议法的教训,没有在具体问题上纠缠,而是从立法这个根子上入手:

"我们几个人探寻圣人①创制法律的本意,大体有三点:一是'量情而取当',因为致人损伤的程度不同,所以用刀伤人的判徒刑,用物和拳伤人的判杖刑,能够抵偿所犯的罪就可以了,这就是根据犯罪轻重做到量刑适当的意思;二是'重禁以绝恶',对于早有预谋置人于死地的,不用重刑就无法禁止相互仇杀,所以谋杀致伤要判绞刑,这就是加重刑罚禁止人们作恶的意思;三是'原首以开善',如果杀人没有造成死亡,于物可以补偿,于事还能回旋,都允许自首,这就是宽恕自首的人从而打开向善之

---

① 这里的圣人,指皇帝,是臣下对皇帝的尊称。圣人还有两重含义,一个是指品德至美、智慧至高的人,如孔子、孟子、老子;一个指宗教的创立者和得道的人。

门的意思。这三点虽然涉法不同,但在让人远离罪恶、走向善途上,是一致的。先帝立法,往往从人之常情出发,不可能照顾到所有的变化,这就是古人设立原则性规范的缘由。先帝的法意是永恒的,但具体的法条是需要根据变化的形势逐步完善的。然而,参加讨论的人,却各自援引特殊情况去解读看似矛盾的法条,这样一来,恐怕猴年马月也达不成一致。特别是有些人,见到'损伤不许自首、谋杀已伤从绞'的律条,便解释为谋杀不允许自首,是没有悟透先帝制法的本意,致使法律不能发挥应有的作用。"

从以上分析可以看出,宋代立法比较注重情、理、法三者的平衡。所谓情,就是人之常情,其中包含了"习惯法"的精髓;所谓理,就是天理,类似"自然法"的概念;所谓法,就是具体法条,等同于如今的"成文法"。国内法律权威江必新教授解释说,古人讲求天理、人情、国法的融会贯通。其中,天理是指事物存在的客观规律,人情是指人的本性和需求,国法是指国家的法律规定。将天理、人情融入到法律适用中,应当成为司法审判不懈追求的境界。由于法律本身是基于天理、人情制定的,在多数情况下三者是一致的,但在有些情况下三者也会产生冲突。三者产生冲突时,就需要裁判者在法律赋予的自由裁量权空间内,考虑天理和人情因素,把天理、人情融入到自由裁量权之中做出裁决。法官在考量非法律因素时,要考虑天理和人情,将天理、人情和法律的精神三者融通起来,既要满足合法的要求,又不仅仅限于合法的范畴,还要考虑多层次的价值判断,做到形式正义和实质正义的统一，主管正义与客观正义的统一，力戒法律教条主义和机械执法的做法，不能僵硬、机械地套用法条，变成"法律的自动售货机"。①

弄清立法本意后，他们找出了产生争论的原因。他们认为：

"正如王安石、司马光所说，敕、律已经明确完备。案件争议的焦点，仅仅在于'预谋'是不是'受伤'的'因'而已。臣等认为，律文规定不能自首的犯罪行为有六种，而造成他人损伤的行为不在自首的范围。法律解释则说，犯杀伤罪而自首的，应当免除所因之罪，仍从故杀伤法。大概意思是，自首的人，虽然免去了所因之罪，仍旧按照故杀伤法惩处。也就是说，虽然所因的'预谋'罪可以免除，导致受伤的依然应当定伤害的罪名，导致死亡的依然应当定杀害的罪名啊。虽然法律有'器物不可补偿就不适用自首'的条文，如今阿云造成对方受伤仍有可以判处的适当刑罚，但是非要让她以死来补偿罪责，这不是太过了吗？古人最初立法，杀人者偿命，伤人者以相应的刑罚抵罪。后来又规定，因为劫杀造成受伤的，加重到斩刑；因为谋杀造成受伤的，加重到绞刑。倘若不是因为事先的"预谋"，那么不过就是判处徒刑、杖刑三等之类的刑罚而已，怎么可能加重到绞刑、斩刑呢？如果自首的是事先的'预谋'，那么造成'受伤'的罪行仍在。造成'受伤'的行为不能自首，而'因'罪可以自首，事先

---

① 见江必新《司法审判中非法律因素的考量》，原载《人民司法》2019年第34期。

'预谋'的行为是'受伤'的'因',这样就很明白了。法律之所以设立自首可以减免罪责的规定,不单单是为民众广开改恶从善之路,也是为了避免伤人者自知不能免除死刑,而产生更加凶恶的念头,去造成置人于死地的严重后果。现在如果照此定论发布执行,就会阻塞以后的自首之路,那么今后自首者不论罪行轻重,相关司法机构一律照条文处决,朝廷虽然想给予宽恕,还能有机会吗?如果认为谋杀性质恶劣,法律不准其自首,那么在六种不能自首的行为中,就应当标明'谋杀已伤'不在自首范围内呀。按照《编敕》上的记载,如果预谋杀人,已经致人伤害和未致人伤害,其性质和凶恶还不至于论死罪的人,准许上奏裁决。如今让罪犯所'因'的'预谋',援引旧律而得到豁免,'已伤'的罪行,再用后来的敕去奏决,那么为什么不可以啊!"

最后,三人联名奏报宋神宗:"臣等以为,宜如安石所议。"他们认为,应该采纳王安石的意见。

第二次议法居然一边倒,大大出乎众臣意料。我分析,之所以出现这种情况,主要是因为北宋法制体系源于五代乱世。乱世用重典,北宋初年不仅立法从重,而且司法从严。但承平日久,有识之士逐渐产生了向宽的期望。凭啥杀人见血,就不允许自首?否则,天下会有多少伤人见血的逃犯?苏轼的《刑赏忠厚之至论》能在科举中脱颖而出,已经说明士大夫在司法理念上有了从轻、从宽的趋向。正是基于这种立场,三位两制大臣才会集体赞成王安石的意见。

见到三人的上奏，宋神宗笑了，说"可"。从心理学上说，所有纠结做选择的人，心里早就有了答案，征求意见只是想得到内心所倾向的选择。

此时，宋神宗也了解到《宋刑统》中的"自首"和"已伤"法条确有自相矛盾的地方。为了弥补这一法律漏洞，宋神宗于熙宁元年（1068年）七月三日（癸酉日）下达了一条诏敕：

谋杀已伤，案问欲举，自首，从谋杀减二等论。

意思是，今后谋杀造成受伤的，案问欲举，算自首，按谋杀罪减二等处理。依照这一诏敕，谋杀自首后，不必再按"故杀伤法"判刑，改为根据"谋杀法"判刑，这一规定明了直接，易于操作，少了很多麻烦。

这也意味着，宋神宗既采纳了王安石的意见，也证明许遵不存在"所见迂执"的问题，仍旧可以当他的大理寺卿。

南山有鸟，北山张罗，鸟自高飞，罗当奈何？

被弹劾的没事了，涉及阿云案的法律也以诏敕的形式规范了。这下，大家无话可说了吧？

史书告诉我们：非也！

第十九章

钻进圈套

诏敕一下，当然意味着三个司法机构关于阿云案的复审意见错了。依照法律，众法官应该承担"失入人罪"的罪责。尽管皇帝免除了众法官的罪责，但这些人并不服气。随后，齐恢、王师元、蔡冠卿分别上书弹劾吕公著等人，弹劾的内容是关于阿云案的议论不正确。

齐恢，知审官西院，职责是纠察在京的重大刑事案件；王师元，审刑院详议官，是负责重大刑事案件复审的专业官员；蔡冠卿，大理寺少卿，专门负责重大刑事案件审判。三人都是专业法官。

一般官员有意见还好说，三个大法官集体抗议，就不能等闲视之了。宋神宗发了半天呆，也拿不出万全之策，只好诏令王安石与众法官"集议"，也就是集体谈论。

说起来，这是第三轮辩论了，辩论也由第一轮的二人，第二轮的三人，到了当下的多人。

正方辩手是皇帝钦定的王安石。

法官们推出的辩手有王师元、蔡冠卿等人。至于那个叫齐恢的人，已经68岁，得了病，下一年就病逝了，此时估计气已经不够喘的了，因此没有出面参加辩论。

大凡明眼人都会想到，这场大辩论定是一场口水战，辩论不出什么结果。果然，历史记录说，双方"反复论难"，众法官"益坚其说"，王安石则"坚持己见"。

俗话说，一个巧皮匠，没有好鞋样；两个笨皮匠，做事好商量；三个臭皮匠，顶个诸葛亮。法官们感觉，如果一味僵持下去，恐怕没有什么结果，更谈不上什么好结果，因为王安石太嘴硬了，而且王安石背后站着宋神宗。那么，能不能换一种思路呢？一连几个晚上，法官们托着双腮，盯着繁星闪烁的夜幕发呆。

"有了！"一个法官狡黠地眨眨眼，对几个同事说，"我们不妨'以退为进'。"

为了说服同事们，他讲了汉朝的一个例子。公孙弘少年时代家里很穷，后来当了丞相，生活依然十分俭朴，吃饭只有一个荤菜，睡觉只盖一床普通棉被。大臣汲黯听说了，就向汉武帝参了一本，说公孙弘贵为丞相，有丰厚的俸禄，却只盖普通的棉被，实质上是沽名钓誉，以骗取俭朴清廉的名声。一天，汉武帝问公孙弘："汲黯所说的都是事实吗？"公孙弘回答："汲黯说得一点儿都没错。满朝大臣，数他与我交情最好，也最了解我，今天他当众指责我，的确切中了我的要害。我身为丞相却只盖棉被，生活水准和普通百姓一样，真的是在沽名钓誉啊。如果不是汲黯忠心耿耿，陛下怎么会听到对我的这种批评呢？"汉武帝听了这一番话，反倒更加尊重他了。因为他越是争辩，就会越抹越黑。而他全部承认下来，反而显得汲黯小心眼，这不是典型的"以退为进"吗？

第二天，还是你吵我嚷，据理力争。当双方争到面红耳赤的时候，一个法官突然垂下头，看似无奈地提出："杀人已伤，如果允许自首，那么根据同样的法理，谋杀已死，也应当给予自首减刑的待遇呀。"

西点军校有一条军规：当你的攻击很顺利，一定是中了敌人的圈套。但王安石是一个自负的人，他的第一感觉就是对方被说服了，因此很是受用，便不假思索地认同了法官们的提议。那一刻，王安石的嘴咧到了腮边，他那颗48岁的心灵如同秋日的田野，沉浸在丰收的金黄之中；法官们一个个面色凝重，就像输了自家宅子似的，但他们心里却另有盘算。

王安石把"集议"结果上呈宋神宗，"帝大喜"。

熙宁二年（1069年）二月三日（庚子日），水明林茂，喜鹊登枝。宋神宗颁布第二道诏敕：

　　自今后谋杀已死自首，及案问欲举，并奏取敕裁。

依照这道诏敕，从今天起，罪犯自首可以减刑的适用范围，从"谋杀已伤"扩大到了"谋杀已死"。因为这一天是庚子日,所以这份诏敕被称为"庚子诏敕"。

就在这个月,也许因为王安石在"集议"中获胜,也许是宋神宗接受了王安石的变法主张,所以王安石被任命为参知政事,也就是副宰相。

接下来发生的事情,令王安石和宋神宗措手不及。

第二十章

皇帝服输

"庚子诏敕"一经颁布,如同在火上泼了一桶油,激起了冲天的火焰。在中国古代,"杀人偿命,借债还钱"被看做天经地义之举,"以辟止辟,以暴制暴"被视为主流法律理念。"谋杀已死"也允许自首,无异于石破天惊,大家能轻易接受吗?

二月十五日的朝会,紫宸殿里弥漫着一股火药味。在宋神宗面前,参知政事唐介与王安石展开了激烈辩论,说到激动处,唐介高声说:"这一法令,天下都认为不可推行,唯独曾公亮、王安石认为可以推行。"王安石也急了,跺着脚大喊:"以为不可首者,皆朋党也。"① 意思是,认为不可推行的,都是拉帮结派的"朋党"。

显然,这是一句急话,也是一句过头话。此时,变法尚未推行,还没有出现变法派与保守派的对抗,因为一个法律问题,你

---

① 见〔南宋〕杨仲良《皇宋通鉴长编纪事本末》卷59,黑龙江人民出版社2006年版。

王安石就给同级别的唐介扣上"朋党"的帽子，合适吗？

皇帝也感觉有些不妥，于是匆匆宣布"退朝"。

紧接着，判刑部刘述以这道诏敕"表述不清"为由，将诏敕奉还给宰相，拒不执行。连一向支持王安石的韩维也站出来，对不加节制地扩大自首减刑适用范围表示忧虑，他说："王安石、许遵此前所提议的谋杀未死允许自首，尚且考虑宽恕罪犯自新，意义甚美。这一点，我与吕公著已经论述得很详尽了。如今杀人之后的罪犯也允许自首，我对此不能不表示反对啊。圣上不能因为照顾王安石、许遵的情绪，就认可'谋杀已死'还可自首的建议。今后必须就疑难问题进行充分辩论，达成一致，然后才能拟定诏书予以裁定。"

一时间，质疑声、指责声此起彼伏，跟开了锅似的。直到这时，王安石才恍然意识到自己掉进了法官们的陷阱。尽管他有"拗相公"的绰号，但也只有后悔的份儿。况且，他刚刚成为参知政事，变法还在谋划过程中，不能因为口水之争影响了变法大计。于是，他赶紧上奏宋神宗说："按大宋律法，谋杀人已死，为首之人必判死刑，不须奏裁；为从之人，自有《嘉祐编敕》奏裁之文，不须复立新制。"翻译成现代文就是，按照大宋律法，谋杀造成死亡的，首犯必须判处死刑，不需要上报皇帝敕裁；至于从犯，自有《嘉祐编敕》关于奏裁的规定，无须重新订立新的规定。

意思很明白，自己和皇帝都错了，"庚子诏敕"不该颁布。

连王安石都服软了，宋神宗又有什么理由坚持呢？就这样，宋神宗无奈地颁布了第三道诏敕：

> 自今谋杀人自首及按问欲举，并以去年七月诏书从事。其谋杀人已死，为从者虽当首减，依《嘉祐敕》：凶恶之人，情理巨蠹及误杀人伤与不伤，奏裁。①

意思是，谋杀已伤可以自首的规定，按照第一道诏书执行；谋杀已死的，从犯也允许自首，但凶恶的人和情节严重的应上奏裁决。

时间是熙宁二年（1069年）二月十七日，甲寅日，所以这道诏敕又称"甲寅诏敕"。算起来，距离第二道诏敕不到半月。

第三道诏书，事实上是在纠正第二道诏敕的过激状况。

与此同时，皇帝口谕：收还"庚子诏敕"。他希望以收回"庚子诏敕"的妥协，结束这场旷日持久的法律争论。按照惯常的思维，臣下应该闻弦歌而知雅意，该干吗去干吗，不要再揪住此事不放了。

可是，这件事哪里还以皇帝的意志为转移？这就像一部汽车，刹车系统已经失灵，哪怕作为司机的皇帝自己打脸，也只能听任汽车在下坡路上狂奔。

---

① 据〔元〕马端临《文献通考·刑考》，中华书局2006年版。

第二十一章

二府议法

越忙越容易出错。

不知什么原因，宋神宗的"甲寅诏敕"只是发给了御史台、大理寺、审刑院、开封府，却没有颁布到各路。应当说，这是程序上的一个瑕疵。

于是，在下个月初一的朝会上，文德殿里又热闹起来。一些法官和御史抓住诏敕颁布这个把柄，要求重新议法。站出来的人，有侍御史知杂事兼判刑部尚书刘述、御史中丞吕诲。当然，也少不了弹劾过许遵的钱顗。

对于这些吹毛求疵的御史们，宋神宗已有些应接不暇了，但他又必须面对，于是应付道："律文甚明，不须合议。"

想不到，宰相曾公亮插了一嘴，他说："国家的立法需要'博尽同异，厌塞言者'，阿云案牵涉到新的司法解释是否合理得当，理应作更深入的讨论。"说到这里，他稍作停顿，抬头望了一眼高高在上的皇帝，然后以不容置疑的口气说："广泛收集各种不同意见，从而说服意见不同的人，应该无妨吧？"

那一刻，宋神宗呆若木鸡，他扫了一眼脚下的群臣，想：如果犟驴能像蜻蜓一样飞，这里一定是一个下雨前的池塘。

狠了狠心，宋神宗还是安排"二府"再议阿云之狱。他之所以安排再议，不是因为他心不够硬，也不是因为他喜欢看群臣吵架，而是由宋朝的政治氛围决定的。什么政治氛围呢？一个宋朝学者总结说："本朝治天下，尚法令、议论。"① 意思是，宋朝的治理原则是，崇尚法令，尊重公议。只要朝廷出台的法令、政策，要经过充分讨论，并且要尊重多数人的意见，而不是由皇帝"出口成敕"，搞"一言堂"。

二府，即中书省与枢密院，也就是宰相府与副宰相府；二府议法，为宋代最高层次的司法杂议，经二府杂议达成的结论，基本上可以确立为国家法律。

但二府在杂议阿云案的过程中，还是分成了两个阵营。

首先发言的是枢密使文彦博。他比王安石大15岁，21岁进士及第，出将入相半个世纪，是一位老资格的政客。在宋神宗登基前，他曾担任过殿中侍御史、枢密副使、参知政事，并两次拜相。后来因为反对王安石变法，大谈市易法的坏处，被贬出朝廷。

文彦博认为："所谓杀伤者，是图谋杀死而致伤，就是说已经杀了，不可以用自首。"

---

① 见〔北宋〕张端义《贵耳集》，中华书局1959年版。

与文彦博观点一致的，是枢密副使吕公弼，比文彦博小一岁，今安徽凤台人，宋仁宗时期的宰相吕夷简的二儿子，吕公著的哥哥，赐进士出身，宋英宗时期先后任给事中、枢密副使。他在地方任职时，为政宽松，世人讥讽他果断不足。一名士兵犯法该施杖刑，却耍赖说："我宁可被杀，也不愿挨打。"吕公弼回应说："杖打是按国法，处死是你自愿。"于是下令先施杖刑后处斩，从此再也没人批评吕公弼无能。

吕公弼的法律建议是："杀伤罪在律文上是不适用自首的。今后已经杀伤人的罪犯请依律惩办，从犯有立功表现的可以自首，须奏报皇帝裁决。"

与前两位官员针锋相对的，有两个人。

一个是宰相陈升之，比王安石大十岁，进士出身，曾任知州、监察御史，宋神宗登基后任知枢密院事兼制置三司条例司，和王安石一起筹备变法。熙宁二年（1069年）就任同中书门下平章事（宰相）、集贤殿大学士。不久，因为在变法机构名称上与王安石意见不合，称病不朝。

另一个是枢密副使韩绛，是韩亿的三儿子，韩维、韩缜的哥哥，比王安石大九岁，与王安石是同榜进士，敢作敢为。宋神宗登基后，拜枢密副使。

还有一个模棱两可的人，他叫富弼，比王安石大17岁，今河南洛阳人，给人的感觉是老气横秋，形同缩头乌龟。其实也是一位经验老到的狠角色。年轻时，他曾多次出使辽国，成功瓦解了辽、夏同盟。庆历元年（1041年），宋仁宗想封刘太后的侄媳妇王氏为遂国夫人，让知制诰富弼起草制书，他拒不草诏，封还了"词头"，从而开创了"封还词头"的先例。随后，他出任枢密副使，与范仲淹共同推进"庆历新政"。新政失败后，他先后担任郓州、青州知州，救助了几十万灾民。如今又被宋神宗请出来担任宰相。当宋神宗要求他参与司法辩论时，他劝王安石说："把谋与杀分为两件事，将破坏和割裂法律规定，您为什么不遵从大家的意见呢？"但王安石不为所动，宋神宗也态度暧昧。此后，他没再掺和这个看不清结果的辩论，进而连宰相也主动辞掉了。

双方争论了接近半年，也没有任何一方说服另一方，甚至没有拿出一个折中的结论。似乎，当时的大臣们都是一根筋，认死理，你让他们退一步，哪怕半步，都是不可想象的。我至今奇怪，这些深受儒家思想熏陶的士大夫，为什么不谙中庸之道？为什么宰相与皇帝一旦政见不合，就撂挑子走人？

难道这是一个思想交锋的时代？尊重科学的时代？不甘寂寞的时代？

请不要认为我在故弄玄虚，东方小岛上的一个著名学者，比我的推测大胆多了。

第二十二章

东方文艺复兴

这个人叫宫崎市定，史学家，日本京都大学教授。他的原话是："中国宋代实现了社会经济的跃进、都市的发达、知识的普及，与欧洲文艺复兴现象比较，应该理解为并行和等值的发展，因而宋代是十足的'东方的文艺复兴时代'。"

此番言论是否对宋朝过于偏爱？是否言过其实呢？接下来，试比较分析如下：

第一，在时间上，意大利文艺复兴发生在14世纪至16世纪。而宋朝横跨10世纪至13世纪，正好处在意大利文艺复兴的前夜。

第二，在理念上，意大利文艺复兴以人为中心，追求现实的幸福，倡导个性解放。而宋朝是以士大夫意识的全面觉醒和文官制度的理性化为特征的。

它的动力，是科举制。汉朝，尚武功，有军功并且封侯的人才有资格担任丞相，是封侯拜相；而宋朝，重文治，是及第拜相。在北宋71名宰相中，有64名是进士和制科出身，除了建国初期的4名宰相，非进士出身的宰相实际上只有3人，一批白衣士子平地而起。

它的基础，是全民教育。国家设立的各级学校向全民开放，所有家庭的适龄儿童都可以入学，州县小学的学费每天只有一两文钱，这对于每天收入100文的平民来说，是可以接受的。儿童8岁入学，由官府提供伙食费，不满8岁或超过15岁的伙食费减半。宋人的识字率和入学率，远超同时期的欧洲。国子监作为国家最高学府，下设太学、国子学、四门学、律学、书学、算学、武学等。元丰年间，太学的外舍（新学生）有2400人，从外舍选拔进入内舍的有300人，再从内舍考试选拔进入上舍100人，还出现了旁听生，有时旁听生多达上千人。而在五代乱世后成长起来的平民士绅群体，也担负起了重振学术、重建文脉的责任，北宋的民间书院达到一百所，远超唐代，应天书院、岳麓书院、嵩阳书院、石鼓书院、白鹿洞书院、茅山书院、龙门书院、徂徕书院被称为"八大书院"。南宋的民间书院达到创纪录的500多所。白鹿洞书院的学生将近一万人，成了儒家主流学派——理学的大本营。[1] 就学术的纯粹性、教育的独立性而言，高层次的民间书院才是宋代的最高学府。

它的灵魂，是程朱理学。正是在民间书院的基石上，宋朝诞生了程朱理学。程朱理学，由北宋的程颐创立，南宋的朱熹是集

---

[1] 见柏杨《中国人史纲》，中国友谊出版公司1998年版。

大成者。他们认为，理是宇宙万物的起源，将善赋予人便成为本性，将善赋予社会便成为"礼"。如果人无法收敛私欲，则偏离了天道，不但无法成为圣人，还会迷失世间，所以要通过修养存天理，以达到"天人合一""理欲合一"的最高境界。出发点——"内圣"，归宿——"外王"，是理解程朱理学的逻辑起点。它将传统儒学的先义后利观，发展成了重义轻利观，强化了中华民族注重气节与德操的文化品格，形成了士大夫"先天下之忧而忧，后天下之乐而乐"的社会责任，"为天地立心，为生民立命，为往圣继绝学，为万世开太平"的历史使命，"士不可以不弘毅，任重而道远"的精英意识，使得他们在强权、腐败与战争面前铁骨铮铮，一往无前。

它的载体，是文官制。宋代，文官制走向了理性化，官员的科举、录用、考核、奖惩、培训、晋升、调动、致仕，政令的发起、传递、审查、执行、反馈、问责，都有制度与程序可循，都能破除人为因素的干扰。理性化的文官政治，是中国文化的一大骄傲，而欧洲到了近代才有文官制度。①

第三，在内容上，意大利文艺复兴集中表现在艺术、建筑、哲学、文学、音乐、科技等方面。而宋朝在科技、教育、金融、商业、航海等方面远超同时期的欧洲，在文艺、哲学等方面也不落下风。稍逊一筹的，似乎只有音乐。

---

① 见许纪霖《脉动中国》，上海三联书店2021年版。

我梳理了一下,两宋时期应该有十大进步。

一、科技进步

占据哲学主导地位的理学,主张"格物致知",强调对未知事物保持求知的兴趣,以探索出事物背后的理——规律和道理,这也许正是有宋一朝科技发明的驱动力。而且,朝廷有意识地培养科技人才,在国子监之下,设置了医学院、算学院、天文历法学校等。一旦各领域出现拔尖人才,就会被朝廷列入"奇才异行"名录,直接授予官职。在思想和体制的双重驱动下,宋代出现了"发明井喷"的奇观。北宋的沈括,在人品上算个小人,在科学上是个高人,代表作叫《梦溪笔谈》,他发现磁针在指南时微微偏向东方,又发现月亮的光亮来自太阳的反射。南宋的秦九韶,是数学发展史上的一座里程碑,代表作是《数书九章》,是他第一个发现了高次方程的数值求法,而570年后英国数学家霍纳才发现了这种计算方式,被西方命名为霍纳算法。宋代一流科学家人数,占到了清代之前两千年的38%。中国古代四大发明,有三项出自宋代。

北宋庆历年间,身为书肆(书店)刻工的毕昇发明了活字印刷术。这种胶泥活字、木活字排版印刷,一个印工一天能印2000张,一块印版可印一万次,是世界印刷史上的一次颠覆性变革,使得印刷效率大大提高,昔日贵如金银的书籍从此走入了寻常百姓家。以此为基础，进而发明了铜板雕刻，使用在了纸币印刷上。① 而且，活字印刷术通过海上丝路传到朝鲜、日本、埃及，进而传入欧洲，间接引发了欧洲文艺复兴。

除此之外还有火药。"火药"一词，最早出现在天圣元年（1023年）。当时，北宋兵工厂有一个作坊叫"火药作"，是史上首个火药武器制造厂。② 庆历四年（1044年），宰相曾公亮主持修撰了《武经总要》，书中记载了硝、硫、炭三组分的火药配方。宋神宗时期，兵工厂有了火药、火器作坊，能够批量生产十种制式火药武器。随后，火器在战场上初显神威。靖康元年（1126年），汴京被围，守将李纲下令用霹雳炮轰走了金兵。绍兴三十一年（1161年）的胶州湾海战中，南宋水师利用火箭、火柜和火球，一举摧毁了六倍于己的金国船队。

两宋持续改进的航海技术，引发了时间、空间、商品化概念上的革命，发明了磁罗盘、水密舱、平衡舵、装有转轴的桅杆，造出了载重量300吨的超级远洋大船。天涯变比邻，大海变池塘，运输瓶颈被突破，进出口贸易呈现井喷之势。于是，在蜿蜒美丽的海岸线上，北宋从北到南设置了五大市舶司③，每年抽税200万

---

① 见漆侠《宋代经济史（下）》，上海人民出版社1988年版。
② 见刘旭《中国古代火药火器史》，大象出版社2004年版。
③ 朝廷外贸管理机构，相当于今日的海关，根据进出口货物的价值、船舶载重量、经营者身份，"抽解"（抽税）7%至20%不等；还有权把专营的进口商品如象牙、乳香、珊瑚、玛瑙、玳瑁等"和买"（全部买下），或直送京师，或由市舶司出售。

贯，进出口贸易额超过2000万贯，外贸成为国家名副其实的"摇钱树"。

二、文艺创新

> 酒入豪肠，七分酿成了月光。
> 余下的三分啸成剑气，
> 绣口一吐就半个盛唐。

唐诗的气派，是与大唐的扩张性格共生的。而宋，是一个内敛的朝代，宋代9000位诗人写了25万首诗，约为唐诗数量的5倍，可依旧无法超越唐诗。于是，只能寄希望于形式创新。

就这样，一种既保留了唐诗的格律美，又拥有自由体的节奏感的新文体应运而生。宋词，是一种随心所欲的新境界，是宋代风流的完美呈现形式。以苏轼、陆游、辛弃疾、陈亮为代表的豪放派词，如天风海雨、大江东去；以周邦彦、晏殊、柳永、李清照为代表的婉约派词，似晓风残月、燕语莺啼，共同装点着这个东方文艺复兴时代。令人惊叹的是，词人们在两派间还可以自由转换，如婉约派词人李清照，也能写出"九万里风鹏正举。风休住，蓬舟吹取三山去"的豪迈与磅礴。如豪放派代表苏轼，也有"枝上柳绵吹又少，天涯何处无芳草"的婉约与缠绵。据统计，宋代词人接近1500位，词作超过2万阙，用调新增了700多种，可谓翻天覆地的文学创新。

在书法上，有苏轼、黄庭坚、米芾、蔡襄"宋四家"，本来奸臣蔡京位列其中，只因人品差被替换成蔡襄；奸臣秦桧独创了"秦体"，也是因为名声太臭，后来"秦体"改称"仿宋体"。在绘画上，形成了士大夫绘画、宫廷绘画和民间绘画三大体系，并呈现出前所未有的商业化趋势，催生了一批绘画交易市场和职业画家，人物画还延伸到城乡市井生活，如《纺车图》《清明上河图》。宋朝皇家是书法、绘画的积极推动者和模范实践者，宋徽宗不仅独创了"瘦金体"书法，而且是工笔画的创始人，随便一幅画如今都能拍出天价。

三、金融萌芽

金融交易的频率，是反映一个国家经济繁荣程度的重要指标。两宋已经出现了银行汇票——便钱，现金支票——现钱公据，有价证券——茶引、盐引、矾引、香药引、犀象引，还发行了世界上最早的纸币——北宋的交子、南宋的会子。北宋的货币收入超过财政收入的一半，年铸币量维持在100万贯至300万贯，最高纪录是元丰八年（1085年）的600万贯，已经呈现商品货币化趋势。① 当时的铜钱，形同今天的美元，是海上贸易通行

---

① 见吴钩《宋，现代的拂晓时辰》，广西师范大学出版社2015年版。

的货币，一些南亚国家甚至将大宋铜钱分库储藏，视为镇国之宝，逼得大宋朝廷只好进行货币管制，禁止铜钱出口。①

四、工业起步

古代中国，是一个典型的农业社会。但宋朝，却表现出前所未有的工业冲动。手工业由唐代的112行发展到南宋的414行。宋朝十分热衷发展官营手工业，在全国各地设立了大量的兵器作坊、造船务、酿酒厂、酒曲作坊、纺织院、染院、磨坊、茶叶加工厂等，不仅用于官府消费，还参与市场竞争。民营手工业则在陶瓷、纺织、矿冶、造纸行业占据主导地位。全国纺织机户达到10万户，首次出现了水利纺机。在丝绸三大产地中，河北、山东绢最佳，四川绢次之，最后才是新兴的浙绢、南绢。② 对书本、档案、纸币、包装用纸需求的增加，导致了造纸业的空前兴盛。瓷器在宋代进入黄金时期，蜚声海外的官窑有钧窑（今河南禹州市）、官窑（北宋在开封，南宋在杭州）、汝窑（今河南汝州市），民窑有哥弟窑（今浙江龙泉市）、定窑（今河北曲阳县）、越窑（今浙江绍兴、上虞一带）、龙泉窑（今浙江龙泉市）、耀州窑（今陕西铜川市）、磁州窑（今河北邯郸市）等。还有一种瓷器，白如

---

① 见易中天《风流南宋》，浙江文艺出版社2018年版。
② 见斯波义信《宋代商业史研究》，浙江大学出版社2021年版。

玉,明如镜,薄如纸,声如磬,在宋真宗景德年间成为贡品,产地从此得名"景德镇"。另外,用炸药开矿,带动了煤矿的规模化开采。用水利机械带动风箱,加上普遍采用了焦炭炼铁法,致使元丰元年(1078年)铁的年产量达到12.5万吨[1],而英国到16世纪工业化早期才产生类似的"煤铁革命",18世纪初整个欧洲铁的产量才有14.5万吨。

五、城市化

宋朝延续五代旧制,拥有四京,分别是东京开封府、西京河南府(今河南洛阳市)、南京应天府(今河南商丘市)、北京大名府(今河北大名东北),个个名满中外,繁华如梦。北宋10万人口以上的城市接近50个,市镇多达3600个。东京的面积达49平方公里,承载了130多万人口,人口密度是唐朝长安的一倍。南宋临安(今杭州)人口也超过110万。当时号称"世界上最大城市"的大马士革,人口不过50万;同时期的伦敦、巴黎、威尼斯人口只有10万。崇宁元年(1102年),北宋户数就突破了2000万户,人口超过了1亿,成为人类历史上第一个亿级人口的帝国。其中城市人口占到了总人口的20%,南宋则占到了22.4%。而清代嘉庆年间的城市化率只有7%,民国时期才达到10%,1957

---

[1] 见伊沛霞《剑桥插图中国史》,湖南人民出版社2018年版。

年是15.4%。因为城市居民迅速膨胀，所以宋朝把居民分为"城郭户"和"乡村户"，朱熹曾把"城郭户"细分成上户（大店主、大商人、出租大户）、中户（小康家庭、公务员）、下户（小经纪人、小店主、穷秀才）三等。京城的小商人、小市民，都不习惯在家做饭，不是下馆子，就是叫外卖。①马球、蹴鞠、捶丸属于贵族运动，皇室和官吏人人会玩。②相扑也风靡全国，如今日本的国技相扑就是从大宋学去的。点茶、焚香、插花、挂画，是宋人的"生活四艺"，后来传到日本、韩国，如今仍在流行。

六、商业化

如果说宋代之前一个典型中国人的梦想是：农夫，山泉，有点田；那么宋代这个梦想就是：商人，进城，有点钱。宋代一改前朝"重农抑商"的策略，把士、农、工、商全视为本业。宋太祖颁布了"恤商令"，宋太宗严禁官吏勒索、刁难商人。实际上，宋朝是官、商不分的，因为朝廷公开允许并鼓励官员经商。某些家庭甚至明确分工，父亲和兄长负责经商，赚了钱供子弟读书做官。因此，宋朝是最具重商主义性格的王朝，也是中国商人的黄金时代。宋人只要家里有本钱就拿出来，或者"解质"——也就

---

① 见〔南宋〕吴自牧《梦粱录》，浙江人民出版社1984年版。
② 见〔南宋〕岳珂、王铚《桯史默记》，上海古籍出版社2012年版。

是房贷，或者"停塌"——投资仓储业，或者"舟舡"——投资长途贩运业，总之不能让家里的钱闲着。商业经营的专业化、组织化程度越来越高，股份制合伙公司在宋代首次出现，这种合股的商号被称为"合本"或"斗纽"，合股公司的所有权（持股人）与经营权是分离的，由此派生出了一系列新职业：干人（家产管理人，相当于管家）、行钱（贸易代理人）、经商（从事商业冒险的借贷人）、经纪（店铺受托经营人）。宋代有三级市场，一是城市，既有以酒楼为中心的街市，也有以娱乐场所为中心的瓦市，还有以寺庙为中心的庙市，如大相国寺，是汴京最大的商品交易中心，每月开放5次，每次进场交易的超过万人，出售的商品中甚至有尼姑的刺绣。[1]汴京是没有宵禁的，马行街的夜市三更才散，五更又重新开张，几乎彻夜灯火通明，连蚊子和苍蝇都躲得远远的。主宰居民生活的是昼夜开放的市场，而不是宫廷和政府机构。[2]二是镇市，元丰年间，全国的镇市发展到1871个，都是固定的交易场所。三是墟市、草市，也就是农村集市。鄂州（今武汉市武昌区）城外的南草市，是一个民间自发形成的自由市场，居然聚集了几十万经商人口。[3]

---

[1] 见〔宋〕孟元老《东京梦华录笺注》，中华书局2006年版。
[2] 见伊沛霞《宋徽宗》，广西师范大学出版社2018年版。
[3] 见包伟民《宋代城市研究》，中华书局2014年版。

七、契约化

　　中国是一个人情社会，中国文化是"无讼的文化"，人与人之间的合作往往建立在互信的基础上，有了纠纷也习惯于私下了结，打官司似乎不是什么光彩的事儿。宋代则不然，那时人口流动与市场交换十分频繁，城市更是人山人海的陌生人世界，无数的合作在陌生人之间进行，当然不能仅靠人情关系维持，因而需要订立契约，白纸黑字，明确买方、卖方、中间人的权利和义务。宋代契约制度非常发达，出现了买卖契约、出典契约、委托契约、合伙契约、承包契约、雇佣契约、佃租契约、担保契约、借贷契约等类型。朝廷还下诏，要求佃户承租田主的耕地，合同契约要一式四份，一份留田主，一份留佃户，一份送税收部门，一份送县衙存档。田宅交易要签订"如式"——也就是标准化合同，交易双方需要向官府购买标准化契书。当时的契约有明确的诉讼时效，譬如典卖田宅的诉讼时效是20年，超过20年诉权灭失。那时，没有"父债子偿"一说，负有债务清偿义务的，只有债务人本人以及担保人，法律禁止债权人向债务人的亲属索债。也就是说，宋朝尽管没有民法典，但对物权的取得、买卖、赠与、继承，都有详尽的立法；宋朝尽管没有在法律上标明"私有财产神圣不可侵犯"，但也公开宣称"不抑兼并""田制不立"，严禁官府侵占私有财产。

八、平等化

　　宋太宗年间，汴京一个主户①敲响了登闻鼓，起诉自己的家奴丢失了他家的一头猪。宋太宗哭笑不得，于是下诏："赐给他一千钱，偿还那头猪钱。"这虽然是一个笑话，但也标志着前朝的奴婢制已经瓦解，宋朝的主户与家奴都是法律的主体，双方有了纠纷，主户可以起诉家奴，家奴也可以起诉主户。宋朝不再把民众分为"良民"和"贱民"，而是根据不动产，划分为"主户"与"客户"；根据居住区域，分为"城郭户"与"乡村户"；根据有无官职，分为"官户"②与"民户"。各个阶层虽然财富、地位不同，但在法律和人格上是平等的。江南一带，各县衙每天接收民商事诉讼不下200件。③江西浮梁县的民众，就曾创造了每天递交几百件诉状的纪录，因此吓跑了知县王越石。④

　　宋朝允许民告官，即使是诬告也不承担罪责。宋太宗的宰相李昉，就被一个名叫翟马周的平民，以"不作为"的罪名告下了台。宋仁宗时期，一个富户到开封府告状，说他的儿媳妇过门才

---

① 主户又称税户，是指有田产、税钱或者家业钱的民户，主要指地主和自耕农。客户一种是指没有土地，为人佣耕的佃农；一种是逃离家乡，寄居他乡的农户。
② 九品以上的官员算官户。荫补官，无论有无品级，都算官户。宋仁宗时期官户有6万户左右，占总户数的一百八十分之一。
③ 见〔南宋〕周应合《景定建康志》，南京出版社2009年版。
④ 见〔北宋〕晁补之《鸡肋集》卷66，吉林出版集团2005年版。

三天，就被皇宫的人带走了，已经半月没有回音。当时的开封知府名叫范讽，他问富户："你没有说谎吧？"富户回答："句句属实。"于是，范讽入宫面见宋仁宗，向皇帝要人："陛下不爱女色，中外共知，怎么能有这种行为？况且民妇已经成亲，再强行纳入宫中，怎么向天下交代？"宋仁宗耷拉着眼皮回应："听皇后说，宫中最近确实纳了一个女子，姿色上佳，朕还没见过。"范讽说："如果这样，请将这个女子交给臣带回。"宋仁宗表示会把她送回去。范讽不依不饶地说："臣乞请，就在这里交割这个女子，好让臣马上带回开封府，当面交给告状的人。否则，天下人恐怕就要诽谤陛下了。"宋仁宗降旨，把女子领来交给范讽，范讽这才下殿。①

宋朝允许妇女离婚。例如，丈夫因为犯罪在外地监视居住，其妻子愿意离婚的，允许离婚。再如，妻子被与丈夫共同居住的亲人强奸，即便是强奸未遂，而妻子要求离婚的，要准许离婚。再如，丈夫死后，寡妇享有家长的权利，如果娘家无法收留她，或者孩子年幼需要抚养，或者出于夫家财产继承等原因，可以在亡夫家里招后夫，俗称"接脚夫"。②

---

① 见〔南宋〕朱弁《曲洧旧闻》卷66，吉林出版集团2005年版。
② 见张晋藩《中国法律史》，中国政法大学出版社2019年版。

九、居民收入增加

宋朝初年，朝廷推出了"不立田制，不抑兼并"政策，使得土地转移空前加快，中小地主和自耕农数量急剧增加，就连佃农也成为国家编户，极大地刺激了农业的恢复发展，也为工商业发展提供了物质基础。由于经济发达，宋代腰缠十万贯的富户比比皆是，中产家庭的收入已达1000贯。官员是高薪养廉制度的受益者，元丰改制后，每个官员都领双俸：本俸与职钱。宰相的月薪有本俸400贯、职钱50贯，加上餐饮、燃料、家仆、养马补贴以及养廉钱（职田租金），应该在600贯左右。知州的月薪，加上公使钱（特别办公费）、养廉钱和各种补贴，也有500贯。而明朝正四品知府的月薪为24石米，折合成钱不到10贯，只相当于宋朝六品知州的五十分之一，不贪腐连正常生活都难以维持。宋朝的城市佣工、乡下劳力，每天收入也有100文，刚好能养活一个五口之家，相当于明朝知县的俸禄。收入最低的家庭，也不缺少柴米油盐酱醋茶；家境稍好的人家，下饭的羹、汤就必不可少了。

十、工商税比例上升

北宋工商税收入最高的年份，商税2200万贯，盐专卖①2000万贯，酒专卖1700万贯，茶专卖240万贯，香专卖70多万贯，矾专卖30多万贯，加上矿坑收入，总数远超农业税——田税。宋神宗元丰八年（1085年），朝廷年货币收入从宋仁宗时期的3600万贯增加到6200万贯，田税占财政收入的比重则由37％下降到25％。南宋时期，田税占财政收入的比重只有16％，这是前后朝代做不到的。19世纪末，清朝田赋占财政收入的比重才降到50％以下。从财政角度分析，任何国家进入近代，财税结构必然发生四大变化，一是完成从公粮、徭役向货币税的转型，二是完成从人头税向财产税的转型，三是完成从农业税为主向工商税为主的转型，四是完成从低税率向中高税率的转型，形成扩张型财政体制。中国近代以前符合这四点的时段，唯有两宋和晚清。晚清是在外国列强压力下的被动近代化，而两宋是文化复兴动力下的自发性演进。

城市化、货币化、商业化、契约化、平等化，无不是近、现代社会的标志。因此，美国史学家费正清说，宋代包括了许多近

---

① 专卖，在宋代叫禁榷，是国家对某些商品进行垄断经营的制度。宋代专卖商品有盐、茶、酒、香、铁、煤、醋、矾等。私自煎盐3斤、酿酒3斗、造酒曲15斤、炼矾10斤、贩食盐10斤，均判死刑。

代城市文明的特征。美国学者黄仁宇说，宋代兴起，中国好像进入了现代。孟菲斯大学教授孙隆基说，宋朝是世界"近代化"的早春。法国学者谢和耐评价更高："十三世纪的中国，是当时世界上首屈一指的国家，其自豪足以认为世界其他各地都是'化外之邦'。"日本学者薮内清也颂扬有加："北宋时代可以和欧洲的文艺复兴时期以至近代相比。"连一向尖刻的柏杨也说："整个宋帝国时代的物质文明，不但超过中国过去任何一个时代，并超过同时代的西方世界。"国学大师陈寅恪一再感慨："华夏民族之文化，历数千载之演进，而造极于赵宋之世，后渐衰微，终必复振。"史学家邓广铭认定："宋代的文化，在中国封建社会历史时期之内，截至明清之际西学东渐的时期为止，可以说，已经达到了登峰造极的高度。"史学家钱穆也掷地有声地说："中国在唐代穷兵黩武之后仍没有垮台，中国的历史文化依然持续，这还是宋朝的功劳。"宋史专家吴钩则不无遗憾地说："宋朝是一个被严重低估的时代。"诸如此类的溢美之词，还能找出很多。但也有人诘问：如此文明、如此先进、如此富裕的朝代，为什么屡战屡败？

其实这种说法是有些短视的。暂且不说宋将狄青、宗泽、岳飞、韩世忠、李宝、虞允文、孟珙、杜杲、余玠、王坚等都打过胜仗，只说宋朝一改汉唐穷兵黩武的做派，三百年只发动过两次大的军事进攻，其他时段基本都在防守，采取的是以守为主的军事战略，孜孜追求山河静美，盛世长宁。宋朝与辽国的战争的确失败了，签订了澶渊之盟，每年须向对方支付10万两银、20万匹绢的岁币①；宋朝与西夏的战争也没赢，签订了宋夏和约，每年也需要支付7万两银，15万匹绢，3万斤茶的岁币。但给两国的岁币，只相当于战争损耗的百分之一，也才相当于宋朝年度财政收入的千分之五，而且很快就在宋朝不断扩大的贸易顺差中抵消了。历史事实证明，军事实力固然是谈判桌上最有力的筹码，但和平谈判却能够创造出战争无法完成的历久弥新的文明价值。这两个和约，是在意识形态要求之上的政治务实主义的巨大成功，为一个世纪的稳定与和平铺平了道路。相信每一个抛弃单边主义并站在千百万祈求和平的农牧民立场上的人，都不难得出同样的结论。近代各国谋求的国际条约关系，不也如此吗？

可能有人会进一步逼问：两宋为什么最终匍匐在了草原牧马人金国和蒙古脚下呢？

这个问题说难也难，说简单也简单。两宋的倒下，与片面接受"藩镇割据"的教训，实行"重内轻外""重文抑武"的策略有关，也不排除"秀才遇到兵"的因素，但更重要的在人，在于北宋后来摊上了一个艺术家皇帝老子和一个糊涂蛋皇帝儿子，本来第一次"汴京保卫战"获胜了，但这对奇葩皇帝父子把能战之将

---

① 岁币，本来是地方每年向朝廷缴纳的钱物，这里是指宋朝每年送给邻国的钱物，类似于经济援助。

赶走，听信什么法术可以退兵的鬼话，让一伙搞杂耍的市井无赖开门退敌，京城焉能不丢？在于南宋遇到了一个奸相贾似道，他长期嫉贤妒能，排斥异己，迫使优秀将领或者下野隐退，或者投向敌人，而当朝皇帝才五岁，除了抱着奶奶哭，还能干什么？

而直面阿云案的宋神宗，绝非泛泛之辈。

第二十三章

一锤定音

耐心，是一个皇帝弥足珍贵的品质。说起来，宋神宗很有耐心，居然听任"二府"争论了半年。但耐心不是用来消费的，而是为了取得更优质的选项。时间一长，皇帝做梦都梦见结论出来了，结果醒来听到的，依旧是没完没了的争吵。这轮争论开始的时候，宫里的国槐还没有发芽，如今槐树上已经结满了槐角，树上偶尔飘来一股股苦涩，形同皇帝此时的心情。唉，事情转了一大圈，还是回到了原点。既然"二府杂议"也无法拿出结论，那么，自己只能动用君主权威一锤定音了。

熙宁二年（1069年）八月一日（乙未日），宋神宗颁布第四道诏敕：

谋杀人自首及案问欲举，并依今年二月甲寅敕施行。

这一诏敕重申了甲寅诏敕的效力，而甲寅诏敕则重申了熙宁元年（1068年）七月三日诏敕的效力："谋杀已伤，案问欲举自首者，从谋杀减二等论。"换一句话来说，甲寅诏敕作为一条旨在补充刑律不足的司法解释，正式确立为国家法律，通行天下。这也意味着，王安石、许遵倡导的"慎刑思潮"，取得了对司马光遵循的"重刑传统"的胜利，宋朝立法与司法开始了从严刑重罚到慎刑宽法的转变。还同时证明，许遵并不"迂执"，皇帝对他的重用没有问题。

此后，王安石以阿云案为基础，着手改革《嘉祐编敕》，构建了一套以案问欲举为核心的法令体系，从而确立了宋朝案问欲举自首法。在法令建设之外，王安石也借阿云案，建议宋神宗培养法律人才。宋神宗也从这次刑名之争中察觉到官员多不晓刑名，开始注重选拔专业法官、组织司法考试、培养法律人才，从而形成了"天下争诵律令"的局面。

通过阿云案，宋神宗也深深认识到，立法重要，法官素质重要，司法程序同样重要，因此在元丰改制时对司法程序做了进一步规范。在元丰改制以前，流刑以下的案件，经刑部复核就可以结案，重大案件才报审刑院详议。元丰改制以后，天下上报的案件，必须由大理寺断案，由刑部（已将审刑院合并）详议，然后上报中书，由皇帝裁决。有时皇帝还令翰林学士、中书舍人、同平章事、参知政事、御史、谏官"杂议"，然后决断。

到此为止，阿云在监狱里已经关了两年。等待判决是一种什么滋味？一般读者肯定体会不到。我这样说吧，一个国家曾经发明了一种刑罚,就是把一个人关在一间充满阳光的空屋子里,既不提审他,也不吓唬他,给他充足的水、食物、空气,但不让他见任何人,不让他做任何事,不给他与任何矛盾和意义发生关系的机会,只是任空洞的时光天天流逝。据说,这种刑罚会使任何英雄无一例外地发疯,并在发疯之前渴望死去。

但这个山东女子没有发疯。透过950年前的那道铁窗,人们会发现:一直默默等待判决的阿云长出了一口气,眼睛像烛光一样亮了起来,蜡黄而瘦削的脸上显出几分释然。不管怎么说,依照这一司法解释,案子终于了结了。中间多少纠结、多少折腾、多少噩梦,总算熬过去了。更意外的是,她运气爆棚,判决没过多久,就遇到朝廷大赦,她不必筹措120斤铜赎罪,终于可以囫囵着回家了。阿云出狱时有没有人接她,回家以后有没有结婚生子,史书上没有记载,我也懒得去想象。因为有多少读者,就能设想出多少个结局。

甲寅诏敕下达后,一位名叫崔台符的司勋员外郎,表现得特别兴奋,他额手相庆,说:"几百年误用的刑名,如今才得到纠正。"王安石对他附和自己的观点,十分高兴,到了下一年六月,将他提拔为大理寺卿,接替了年迈的许遵,① 许遵则被外放为寿州(今安徽寿县)知州。

与这位员外郎的反应恰恰相反,甲寅诏敕下达的第四天,也

---

① 见徐道邻《中国法制史论略》,正中书局1953年版。

就是八月五日，司马光上了一道著名的奏章，题目是《体要疏》。这份奏章的主旨是，皇帝不应过分专注各种具体的政务，而忽略了君相治国的根本。他举了很多例子，其中不乏对方兴未艾的新法的抨击，还有对主持新法的王安石的批评，但措辞最激烈的还是针对阿云案的定论。他最后说：

"阿云一案，中等才能的官员都能马上裁决，朝廷一再命两制、两府定夺，敕颁布后收回，收回了再次颁布，争论来争论去，至今未定。依据法律条例判案，是司法机构的职责；根据形势维护大义，是君王和宰相的事情。矛盾纷争与是非辨别，无不用礼来决断，礼无法约束的行为，才交给刑法去解决。阿云的犯罪行为，陛下试图用礼来看待，怎能不是困难的判决呢！'谋杀'是一件事还是两件事，'谋'是所因或不是所因，这是苛刻烦琐之论，也是文法俗吏之争，哪里是明君贤相应当留意的呀！如今议论一年多，然后形成了新法，最终放弃了百代之常典，背离了三纲之大义，使良善无告、奸凶得志，这不是曲从枝叶而忘掉根本所导致的嘛！"

在司马光看来，法律是国家最高意志的体现，是司法机构的职责，任何人都不能凌驾于法律之上，随便释法，干预司法，以礼代法，破坏法律的严肃性，包括皇帝和宰相。

这道奏章，史载："不报"。也就是有关机构没有呈报给宋神宗。

行文至此，可能读者会问：对于这一敕，司马光只是上了一道表示质疑的奏章，甚至没有摆到皇帝的御案上，并不影响敕的执行，可如果再有大臣封还怎么办？再有法官和御史反对怎么办？

这一点，宋神宗和王安石也想到了。

第二十四章

赶出朝廷

为了避免再生事端,宋神宗和王安石提前做了准备,那就是随时把抗拒第四道诏敕的人调离关键岗位。

最先出头的,是侍御史知杂事兼判刑部刘述和同判刑部丁讽、王师元,他们两次将诏敕封还中书省,拒绝执行诏敕。于是,在得到宋真宗首肯后,王安石安排开封府推官王克臣弹劾刘述。

有了障碍物,烈火才烧得更旺。你说刘述胆子大不大,他居然率领侍御史刘琦、钱𫖮,对王安石来了个反弹劾。他们的弹劾书是这样写的:

王安石执政以来,不超过几个月,朝廷内外人心惶惶。全是因为他独断专行,轻易改变法度,没有忌惮之心的缘故啊。陛下为了国家大治,求贤若渴,因此任用王安石理政,必定是想创造唐尧、虞舜那样的太平盛世,而王安石反而使用管仲、商鞅的权诈之术,绞尽脑汁迷惑圣上。于是,他和陈升之合谋,掌握了三司条例司的大权,用来实现自己的目的;为打开局面随意任命官员,派出八名使者到各地督察,骇人听闻,动摇人心。去年许遵为了掩饰过错,随意解读自首案问之法,王安石为了偏袒这个人,修改了司法解释,从而损害了社会的公平正义。章辟光①向陛下上书,让岐王迁到宫外居住,离间骨肉,罪不容诛。吕诲等人连续章奏,乞求放逐章辟光。陛下虽然答应了吕诲的请求,但王安石一意孤行,以不合情理的言论干扰圣上的决定。陛下认为王安石忠君,所以一直隐忍着不赶走章辟光。先朝所立的制度,自然应当让后代子孙守而不弃;他竟然想事事更张,件件作废。王安石自从科举上榜成为官员以来,遵守尧舜之道,给学者作表率,因而受到士子的倾心爱戴,称他是贤人。陛下也听到了他的事迹,所以重用了他。他一旦得到圣上的厚爱,就首先提出了增加国库收入的建议,利用敛财的机构变着花样取悦圣上,言行古怪反常,以至于到了这种地步。刚愎自用,就更加严重了。如此奸佞专权的人,怎么适合占据朝廷,以致扰乱国家法纪。希望早点罢免赶走他,以便抚慰天下百姓的心!

---

① 章辟光,时任著作佐郎,正八品,负责起草日历和祭祀祝辞。熙宁二年(1069年),他上书宋神宗说,陛下的弟弟岐王赵颢已经结婚,按照规制应搬到宫外居住。惹得皇太后大发雷霆,逼着宋神宗贬斥章辟光,是王安石站出来保下了他。

弹劾书的结尾，另两位宰相也躺着中了枪：

> 曾公亮位居宰相之位，不能竭尽忠诚报效国家，反而存有畏惧躲避的念头，暗地结援来巩固受宠的地位，长期妨碍贤路，也应对他予以罢免。赵抃则闭口作揖，只会左右逢源，为君主做事怎能这样！①

意思是，三个宰相，都不称职，都该让贤。

听完御史们的露章弹劾②，王安石脸上的表情，一定像暴风雨到来前的天空。

当您耐心读完这道弹劾书就会发现，里面讲的，多是朝野皆知的事，没有多少新罪证，也没有什么新问题，御史们只是在性质上定了性，提到了原则高度，给予了"上纲上线"。须知，变法是皇帝亲自推动的，设置三司条例司是皇帝批准的，让岐王迁出内宫也出自皇帝的授意。只是皇帝一向站在幕后，御史们不了解内情而已。因此，这一弹劾不仅无法起到反制作用，反而会给被弹劾者提供口实。为此，我们只能替三位御史揪心。

---

① 原文见本书附录四：《御史弹劾宰相书》。
② 台谏对大臣的弹劾分为两种，一种是封章弹劾，一般由台谏官将弹劾书加密封，进而呈给皇帝，这是一种主流的弹劾方式；另一种是露章弹劾，就是在朝会上由主导监察的官员当面宣读弹劾书，优点是震慑作用大，缺点是把自己暴露在外，会遭受对方报复。

暴风雨真的来了。

八月九日，一个电闪雷鸣的夏日。王安石上奏，建议将刘琦贬为监处州（今浙江丽水西）盐酒务，将钱顗贬为监衢州（今属浙江）盐税务。曾公亮认为处理太重，王安石反驳说："之前，殿中侍御史蒋之奇因为诬告欧阳修，也被降为监道州酒税，已有先例。"翰林学士司马光忍无可忍，上疏说：

孔子说"守道不如守官（意思是要想坚守道德，必须保重官位，因为保有官位方可教化民众）"，孟子说"有进言责任的官吏，如果他不能进言，就要免掉他"，这是古今通行的义，人臣的大节呀。那个谋杀已伤自首的刑名，天下都知道错了。朝廷已经违背众议去做事，又向忠诚职守的大臣问罪，臣担心有失天下之心啊。一般喂养鹰这种猛禽，就是希望它凶猛，现在它很凶猛了，却要烹杀它，那么将如何让它发挥作用呢？现在刘琦、钱顗被追究的，不过粗疏率直，乃至冒犯大臣。难道粗疏率直的罪过比贪婪下流的罪过还重，得罪大臣的罪过比得罪皇帝的罪过还重吗？我对此非常不安，生怕臣下从此对不法之事只能侧目而视，闭口不言。

与司马光并肩作战的，是范仲淹的二儿子、同知谏院范纯仁，他也上书皇帝说：

人臣以尽职为忠，人君以纳谏为美。只有这样，执政才不敢为所欲为，小人也才不能祸国殃民。祖宗创立的言谏监察制度如果被破坏，请问陛下靠什么保证长治久安？何况王安石离经叛道党同伐异，岂非倒行逆施，难道不该罢免？曾公亮同流合污晚节不保，赵抃心知其非却不能力挽狂澜，难道还要留任？①

钱顗离开御史台那天，天上居然还有太阳，同事们一起到宫城南侧的右掖门送他。他有气没处撒，结果让同事躺了枪，把一个叫孙昌龄的殿中侍御史骂了个狗血喷头："平日里士大夫没人知道你的名字，你在金陵做官时，献媚于王安石，才捞了个御史的职位。到了御史台，你不是全心全意履行神圣职责，而是千方百计附会别人以求谋取更大的权位！如今我被贬到外地，你是不是觉得自己的做法很高明呀？其实在我眼里，你连猪狗也不如啊！"然后拂袖而去。后来，他与同样被贬的苏轼同病相怜，成了一对难兄难弟，苏轼还专门为他写过一首诗：

乌府先生铁作肝，霜风卷地不知寒。
犹嫌白发年前少，故点红灯雪里看。

---

① 见〔南宋〕杨仲良《皇宋通鉴长编纪事本末》卷59，黑龙江人民出版社2006年版。

由此，这个落难御史得了一个雅号"铁肝御史"。

"铁肝御史"离京后的第三天，也就是八月十一日，那个挨了一顿臭骂的孙昌龄，被贬为蕲州（今湖北蕲春县）通判。因为他终于被骂醒了，回到御史台，就硬着头皮上了一份奏疏，弹劾那个状告刘述的王克臣，说他巴结权贵、欺君罔上，又说了王安石的很多不是，这才撇清与王安石的关系，挽回自己在御史台的颜面，结果被王安石骂作"不识抬举"，让皇帝把他贬出了京城。孙昌龄后来被重新启用，做过两浙转运副使，和钱颢应该有机会见面。我很想知道，两人见了面，会不会摆龙门阵，谈起当年骂与被骂的感受？

孙昌龄被撵走的第二天，忍无可忍的范纯仁提交辞呈。辞职没有马上得到批准，王安石甚至悄悄托人带话给范纯仁："别走，朝廷已经在讨论安排你做知制诰。"范纯仁嗤之以鼻，回话："这种话怎么传到我的耳朵里来了？是收买，还是吓唬？意见不被采纳，高官厚禄有什么用？"于是，他一不做二不休，把自己的奏折抄送中书省，等于发表了公开信。三天后，他被贬出京城，外放为河中府（府治在今山西永济县蒲州镇）知府。

其间，开封府给刘述定了罪，但三次审问他，他都拒不认罪。王安石想判他入狱，但司马光和尚未离任的范纯仁及时站出来，与王安石据理力争。他们说，刘述的弹劾没有错，退一步讲，即便弹劾错了，充其量予以降职或停职，哪里有谏官因言入狱的先例？你可以不认可他的意见，但必须尊重台谏官弹劾的权力。

对此，王安石也无法反驳，因为确保对政策批评的通道畅通，一直是宋朝的一条基本原则，而迫使台谏官噤声，被视为逾越了政治合法行为的界限。

接下来，王安石也不想把事情闹僵，便与司马光各退一步，达成了把刘述贬为通判的妥协。但宋神宗还是感觉处理太重，最终于八月二十八日，将刘述外放为江州（今江西九江市）知州。好人都让皇帝做了，被贬的刘述还要向站在王安石背后的皇帝道声"谢主隆恩"。

在同一个任免令里，丁讽被贬为复州（今湖北天门市）通判，王师元被贬为监安州（今湖北安陆市）税务。

这一波人事任命下来，封还诏敕的法官被撵走了，公开抗议的台谏官也被外放了。那么，出缺的台谏官能否换成听话的人呢？宋神宗在思考这个问题，王安石及其变法派成员也盯上了这几个位置。

王安石能顺利换上自己人吗？

第二十五章

台谏官能随便换吗？

打个比方，宰相的执政权好比是国家这部汽车的动力系统，台谏的监察权好比是刹车系统，两个系统互相合作与牵制，才能维持汽车的运转与安全。变法开始后，王安石与宋神宗希望变法开足马力，全速前进，但台谏老是踩刹车，这让王安石十分恼火。那几个御史因为阿云案被贬出朝廷后，台谏正好出缺。于是，王安石开始想办法把台谏系统换成亲信或支持变法的人。

但王安石也清楚，宰相有组阁的大权，可以"进退百官"，却没有权力推荐和任命台谏官，台谏官一概由皇帝任命。核心问题在于，入选台谏官的门槛是很高的。

为了确保一流人才进入监察系统，宋朝对入选台谏的官员，有严格的从政资历和德行才学标准。对于台谏官的资历，宋朝出台了四条限制性标准：第一，从京官序列的太常博士（正八品）起步；第二，担任过两任州通判及其相当资历者，才有资格担任监察御史、正言、司谏等职务；第三，担任实职知县的人，皇帝特旨才可以担任殿中侍御史里行或监察御史里行；第四，必须是进士出身。对于台谏官的德行才学，宋真宗提出了"文学优长，政治尤异"的标准，司马光细化为"一不爱富贵，二重惜名节，三晓知治体"。具体遴选时，往往对御史要求"严威刚直""敏行不挠"，对谏官强调"文行著闻、议论识体"。

严要求必然带来高素质。宋神宗朝有宰相9人，其中5人出身台谏官；宋哲宗朝有宰相11人，其中8人来自台谏。在副宰相中，台谏官出身的就更多了。因此，台谏官被认为是宰相的主要来源。一旦入主台谏，万众瞩目的宰相之位就近在咫尺了。

尽管往台谏塞人如此之难，王安石仍知难而进。

有个人叫李定，扬州人，在"乌台诗案"中弹劾过苏轼，是王安石的学生，进士及第后任州判官，属于初等序列的幕职州县官。由于大讲"青苗法"的好处，王安石便把这个人推荐给了宋神宗。宋神宗写了手诏，批复到中书省，想让李定知谏院。

宰相曾公亮以"没有先例"为由，不同意这一任命。宋神宗退而求其次，改任李定为太子中允①、权监察御史里行。太子中允是阶官，正六品；权监察御史里行是差遣，是实职。资历较浅的官员出任监察御史，需要加"里行"二字。

从表面上看，皇帝"退而求其次"，似乎做了让步。其实，

---

① 太子东宫的属官，不实际到任，是为长期得不到提拔的幕职州县官设置的一种官阶，属于小朝官。

这一任命纯属违反常规。第一，这一任命属于改序列。此时的李定属于幕职官序列。李定从幕职官序列的判官（从八品），提拔为升朝官序列的太子中允（正八品），尽管属于正常升阶，但幕职官改升朝官，越过了京官序列，属于破序列提拔。第二，他没有担任台谏官的资格。按照宋朝规制，担任台谏官，需具备三个基本条件，一是从京官起步；二是有担任通判的经历，并且干满两任，三考为一任，需要在通判任上干满6年；三是进士出身。这三个条件，李定只有最后一项符合，前两项都不具备。

皇帝任命李定的旨意，称为"词头"，照例送舍人院，由知制诰起草成正式诰命。宋朝的知制诰是轮值的，当天接到"词头"的知制诰是宋敏求，他毫不客气地把"词头"封还了皇帝，说："这一任命不合规矩，恕臣不敢起草。"封还"词头"后，宋敏求不想再蹚这汪浑水，托病请辞。

宋神宗铁了心要将李定扶上御史之位，所以再次将"词头"送到舍人院。这次轮值的知制诰是科学家苏颂，苏颂也不客气地封还了"词头"，重申了台谏官入选的资历和程序，即使破格录用，也需要皇帝特旨，御史中丞推荐并承担连带责任。

宋神宗也不死心，第三次将"词头"送到舍人院，这次轮值的知制诰是李大临，这也是一位正直清廉的官员，他也毫不含糊地封还了"词头"。宋神宗也是个固执的人，继续走程序，"词头"再次回到苏颂手中，苏颂回应："李定不够入选御史的资格，可以提拔其他职务，为什么非要进入台谏，破坏制度呢？"

"词头"第四次被退回，宋神宗也有些灰心了，对身边人发牢骚说："里行一职，本来就是为资历不够的人设立的，州判官改任监察御史里行，有什么问题吗？"身边人劝导宋神宗："陛下，算了吧，何必与舍人院里的那帮书呆子一般见识呢？"此时，王安石站了出来："陛下任命李定，于义有何不可？如果听任他们一次次封还'词头'，陛下的威望就会被私议遮蔽，君主的权力就会大打折扣。"

王安石的话，戳到了皇帝的痛处，宋神宗第五次和舍人院较起了劲，还说"去年有一项立法，明确御史台如出现缺员，可以不拘官职高下来选拔"。但接到"词头"的苏颂、李大临反驳说："不拘官职高下，只表示台谏人选不限于太常博士以上，不意味着幕职官也有资格担任御史。如果幕职官有任职资格，陛下直接把李定从州判官提拔为权里行就可以了，何必先授予他太子中允官阶呢？"然后，第六次封还了"词头"。

没想到，宋神宗居然真的做出御批："任命李定是特旨，不影响制度。"苏颂回应说："既然皇帝要提拔他，那就采听群议吧！"意思是，起草任命书可以，但要求对李定进行民主测评。

宋神宗被惹毛了，准备撤掉苏颂，任命新的知制诰来起草李定的任命。王安石劝告皇帝说："给苏颂最后一个机会，如果他继续不识抬举，再撤他不迟。"于是，"词头"又送到了舍人院，并指定苏颂起草。

我心匪石，不可转也；我心匪席，不可卷也。苏颂依旧封还了"词头"，理由是："今天不是我值班，诰命不归我起草。"设想一下，如果放在今天，哪一个秘书敢对老板说："今天我休假，起草文件请找其他上班的同事。"就这样，"词头"到了另一位知制诰李大临手里，李大临又送了回去。这是舍人院第九次拒绝起草任命书了。再设想一下，皇帝想任命一名实习御史，居然连续九次被他的秘书班子驳回，如果这一情景发生在"康乾盛世"，估计苏颂、李大临就算长九个脑袋，都不够大清皇帝来砍。

经历了连续的打击，宋神宗终于不再跟舍人院"玩游戏"了，便在熙宁三年（1070年）五月发出上批，称苏颂、李大临"轻侮诏命""国法难容"，罢去知制诰的差遣，回原单位上班。两个人被免了职，却赢得了巨大声望。

宋神宗任命了两名新的知制诰，才算完成李定诰命的起草程序，然后依照惯例，发到通进银台司复核。负责通进银台司封驳事宜的人原是陈荐，王安石料定陈荐必定封驳李定的任命，便让宋神宗提前调走了他，这才最终完成了李定的任命。

令李定做梦也想不到的是，他在权监察御史里行的椅子上尚未坐热，就被台谏官抓住"李定隐匿不为母亲服丧"的辫子——尽管他的母亲早已改嫁——就他的"人品"发起了弹劾。还记得那个在走李定任命程序时，被提前调离通进银台司的陈荐吗？此时的他是权御史台——御史台代理长官，就是他率先发起了对李定的弹劾，要求朝廷成立专案组调查李定。后来，御史范育、同知谏院胡宗愈等人也加入了弹劾李定不孝的队伍。

人品有问题当然不适合担任台谏，宋神宗只好将他调出台谏系统，改任崇政殿说书，也就是经筵官。御史林旦、薛昌朝又上书说："劝讲之地也不宜用不孝之人。"最终，李定被改任同判太常寺，去掌管朝廷的礼乐，与箫、笛、筝、弦、板和鼓吹打交道。

"阻击李定"的故事落下帷幕，王安石和宋神宗把变法派新秀李定硬塞进台谏系统的努力，最终还是失败了。

尽管李定被阻击了，但站出来弹劾李定的御史林旦、薛昌朝、范育、陈荐，同知谏院胡宗愈，也被统统外放了。

就这样，反对诏敕的刘琦、刘述被贬了，弹劾许遵的钱顗被贬了，如今弹劾李定的五个人也被外放了，台谏系统最终也换了一批人，台谏官们总该消停了吧？

我们去御史台和谏院看看。

第二十六章

前赴后继

到了御史台和谏院，定会发现，这里从不缺少知难而进、愈挫愈奋的人。在王安石变法过程中，仍有不少台谏官弹劾王安石及其团队，上书反对某个新法、某些条款或过激做法。参与弹劾和提意见的人，不乏王安石的好友。

熙宁三年（1070年）四月八日，御史中丞吕公著因为抨击"青苗法"，被外放为颍州（今安徽阜阳市颍州区）知州。

二十三日，知谏院、秘阁校理李常——王安石的老朋友，因为反对"青苗法"，被排除出台谏系统，只保留秘阁校理一职。

同一天，右正言孙觉——黄庭坚的岳父、王安石的好友，因为对变法有意见，被贬为知广德军（今安徽广德市）。

同一天，监察御史张戬，因为弹劾变法派官员，并亲自前往宰相府与王安石辩论，贬为公安县（今湖北江陵）知县。

同一天，侍御史知杂事陈襄，五次上疏皇帝，议论"青苗法"的危害，请求罢免王安石、吕惠卿，认为刘述、范纯仁等无罪，应该复官,并提交了辞呈。尽管宋神宗爱惜他的才学,让他离开了御史台,担任了一段知制诰,后来还是贬为陈州(今河南周口市淮阳区)知州。

就这样,一批台谏官因为反对王安石及其变法而被贬,台谏为之一空。皇帝不得不从全国各地,紧急选调了一批官员进入台谏。其中,王安石的好友、王安石弟弟王安礼的内兄谢景温,担任了侍御史知杂事。

接下来,台谏就鸦雀无声了吗?那里确实消停了不少,但并非没有一点儿动静。

就是这个谢景温,后来因为对王安石的做法不满,被贬为邓州(今河南邓县)知州。

熙宁四年(1071年)七月,御史中丞杨绘,因为上书议论新法的弊病,也被贬为亳州(今安徽西北部)知州。

同一个月,监察御史里行刘挚,本来很受王安石器重,也是王安石推荐上来的官员,但他多次上书宋神宗,陈述新法的某些弊端,被贬到衡州(今湖南衡阳市)去监管盐仓。

太子中允、监察御史里行程颢,是北宋心学[①]的奠基人,因为与王安石政见不合受到排挤,干脆回家潜心研究学术。

下面的动静就更大了。

[①] 心学由程颢创建,经陆象山、王阳明阐发完备,因此又称为"陆王心学"。心学认为,世界只有一个,心就是理,我心即世界。

熙宁五年（1072年）八月二十六日，宋神宗驾临紫宸殿。文武百官行礼如仪之后，准备退朝。剩下的时间，将由正副宰相向皇帝请示工作。突然，一个官员冲出队列。这个人，百官们都认识，他叫唐坰，是王安石荐举的人，也是宋神宗喜欢的人，现任太子中允、同知谏院、权同判吏部流内铨，既是谏院的副长官，又负责州县幕职官的考核与提拔，相当于一手拿着大棒，一手拿着胡萝卜，很有实权。

要知道，在御前会议上不打招呼就冲出来说话，是不合规矩的。宋神宗在惊愕之余，让礼仪官通知他隔日再说，唐坰不肯，皇帝只好吩咐："那就到后殿等着吧。"

唐坰说："臣今天的话，要当着所有大臣的面说。"说完，趴在地上不肯起来。

皇帝只好把他召到御座前，唐坰不慌不忙地掏出一个大卷轴，清了清嗓子，准备宣读。

皇帝赶紧说："奏折留下，爱卿可以退下了。"

唐坰却说："臣今天要弹劾的是朝中大臣，必须为陛下当面陈述，当面核实，当面论个是非。"然后，他回过头去大吼一声："王安石，到御座前听参！"

王安石猝不及防，身体没动。

唐坰说："在陛下面前尚且如此，在外面不知有多跋扈！"

王安石只有走上前来。

于是，唐坰放开嗓门，滔滔不绝地历数王安石变法的种种罪过，一共60多条。而且，每说到一件事，就对皇帝说："请陛下宣谕王安石，问他臣说的到底是真是假？"王安石狼狈不堪，其他人更是大气不敢出。

宋神宗不得不多次打断他，他却越讲越慷慨激昂。最后居然指着御座说："陛下如果不听臣的忠言，这个位子只怕坐不久了。"说完，郑重其事地趴下给皇帝行了大礼，然后一个人跑到东门外待罪。

宋神宗半天才缓过劲来，问："这人怎么了？"

王安石只能苦笑："他疯了。"[1]

事后，唐坰被贬到广州做军需官。有人问他是否后悔，他说是职责所在，必须直言。

正如雨果所说："当一种观念的时代到来，没有什么力量能够阻挡它。"面对皇帝和宰相的打压，之所以有如此多的台谏官前赴后继，是因为他们像孔子推崇的那样"智者不惑，仁者不忧，勇者不惧"，像孟子弘扬的那样"富贵不能淫，贫贱不能移，威武不能屈"，像范仲淹宣示的那样"公罪不可无，私罪不可有"，像张载倡导的那样"为万事开太平"，把大义、职责和名节看得比生命还重；是因为他们规矩在手，道义在心，使命在肩，必须主持公道，反映公议，捍卫公正，必须纠正错误，弹劾不法，肃政纲纪，他们不会因为被贬而选择沉默，也没有因为降职而自怨

---

[1] 见脱脱《宋史·王安石传》，李焘《续资治通鉴长编》卷237，杨仲良《纪事本末》卷60。

自艾，而是选择以尊严的方式承受苦难，在苦难中宣示不可剥夺的精神价值。如果有人认为他们迂腐，认为他们固执，认为他们是书呆子，认为他们不食人间烟火，认为他们不懂得趋利避害，那是因为不了解那个时代，不了解那个时代的士大夫，不了解那个时代士大夫的价值观。立德、立功、立言，谓之"三不朽"。一个人能否不朽，不是你王安石和宋神宗说了算。为了实践"三不朽"，他们可以赴汤蹈火，可以精卫填海，可以飞蛾扑火，虽九死而无悔，虽入狱而无憾，何况是微不足道的外放、降职、丢官。正因为有了他们，中华精神、道义、风骨才代代传承。他们过去是，现在是，将来仍然会是中华民族的脊梁！

我记得，大清内阁首辅张廷玉有一句名言："万言万当，不如一默。"因为他生活在只许有肠胃、不许有头脑的大清。我也知道，宋朝名臣范仲淹有一句名言："宁鸣而死，不默而生！"因为他生活在可以自由思考、大胆放言的大宋。我要说的是，一个可以由使命而生，也可以由使命而死的时代，一个可以大声说出自己心里话，又不因言获罪的时代，一定是一个大时代，两宋无愧于这个大时代！

《论语》上说，道不同不相为谋。发现宋神宗铁了心支持王安石变法，司马光萌生了退意。但宋神宗说："爱卿闻名遐迩，就连辽国人都向使节打听爱卿做御史中丞的事，怎么能走？"司马光无可奈何，只好留下来继续做他的翰林学士。

熙宁三年（1070年）三月十一日，皇帝要任命司马光为枢密副使，但司马光不干，他说："只要能撤销制置三司条例司，召回提举官，废除青苗法，即便什么职务也不给我，我也感到十分幸福了。"皇帝当然没有同意。随后，他12天连上5封札子请求离京，最终于九月二十七日被外放为端明殿学士、知永兴军（今陕西西安市）。下一年四月，他看到好友范镇因得罪了王安石被罢官，他在为好友鸣不平的同时，请求退居洛阳。此后15年，他绝口不谈政事，埋头创作那本流芳千古的编年体史书《资治通鉴》。

可能有的读者会问，司马光与王安石势同水火，形同瑜亮，应该仇深似海吧？

但您想错了。

第二十七章

君子之争

王安石和司马光，一个是变法操作者，一个是变法质疑者，针锋相对，寸土不让。如果放在今天，一定视如寇仇，不共戴天。

但翻开《宋史》就会发现，二人的言行彻底颠覆了现代人的思维惯性。

二人一直互为良师益友。他们都蒙受过欧阳修的教诲和举荐，又同时与梅尧臣结为忘年之交。他俩曾经一起在群牧制置使包拯手下当判官，是"同僚"。二人与吕公著、韩维，共同担任宋仁宗的文学侍从，经常勾肩搭背到僧舍、坊间喝酒，环坐畅饮时，化不开的窖香瞬间洇满了屋子，让千年之前的那个时辰分外温馨，他们因此被时人称为"嘉祐四友"。到了后期，他们的施政理念冰火不容，以至于没法在一起共事，但依然彼此欣赏，互称良师。由此看来，真正的良师益友，一定是把你看透了，还能喜欢你的人。

二人不仅才高八斗，而且为人坦荡正直。

王安石的夫人吴氏曾为他买了一个小妾。傍晚，王安石见房中进来一个娇美的小女子，忙问对方意欲何为。小女子实话实说，原来她的丈夫弄丢了一船官粮，为了偿还官债，只好把她卖掉。王安石问："卖了多少钱？"小女子回答："九百贯。"王安石听了，先打发小女子到别的房间休息。第二天一早，便命令手下找到她的丈夫，把小女子领回去了，而且卖她的钱也不必退回。

　　司马光任并州通判时，夫人张氏因为不生育，也买了一个漂亮小妾送给他，司马光对这个女子一直不理不睬。夫人以为自己在跟前不方便，于是告诉这个女子，等自己出门后，你打扮好了，夜里直接去老爷房中伺候。当晚，司马光看到出现在房中的女子，板着脸警告说："夫人不在，你竟敢来此，快走！"

　　更为难得的是，二人一直两袖清风。

　　司马光有哮喘病。一个地方官员回京，送来了几两治疗哮喘病的特效药——紫团山人参，但司马光没有接受。身边人劝司马光："你的病，只有这味药能治，你不该推辞呀。"司马光回答："平生没有紫团参，不也活到现在嘛！"[①]

　　司马光下野回到洛阳后，院落非常简陋，只能另外开辟一间地下室，在那里埋头编写《资治通鉴》。夫人张氏病逝，他拿不出办丧事的钱，只好把仅有的三顷薄田典当出去，买了一口棺材，才让夫人入土为安。

---

① 见〔北宋〕沈括《梦溪笔谈》卷9，上海书店出版社2003年版。

王安石喜欢收藏文房四宝。一天，一个地方官员送来一方宝砚，当面夸耀这块宝砚："您喊一声，就可来水。"王安石笑着反问："纵然得到一提水，又能值几个钱？"那人无地自容，只好收起宝砚告辞。

　　嘉祐八年（1063年），母亲病逝，王安石辞官回乡守孝达三年之久。他在厅堂里铺了一张破席，天天囚首诟面地睡在上面。一天，知府派差人给他送一封信，差人见到坐在破席上的他，以为是一个老仆人，便让他把信递入内宅。他拿过信来就拆，差人急了，大声叫骂道："主人的信，你一个看院子的也敢拆吗？"家人告诉差人："他就是主人。"差人几乎惊掉下巴。

　　王安石从江宁知府任上致仕后，需要搬出官邸，夫人吴氏喜欢公家的藤床，死活不肯交还。王安石穿着鞋子跳到藤床上一顿乱踩，有洁癖的吴氏这才罢手。

　　同样是宰相，元朝的中书平章政事（宰相）阿合马、明朝内阁首辅严嵩、清朝领班军机大臣和珅，不知是否读过宋朝两个名相的事迹？如果读过，又如何做到心安理得地敛财？

　　治平四年（1067年）九月二十三日，王安石被宋神宗任命为翰林学士。五天后，司马光被任命为翰林学士兼侍读学士，两人再次成为同僚。熙宁元年（1069年），宋神宗向群臣征求改变朝廷财政状况的良策，司马光认为解决朝廷财政问题的出路，是节约开支，藏富于民。他还特别指出："在于择人，不在立法。"王安石给皇帝提供的方案是变风俗，立法度，想方设法"增收"。

他还强调，财力必须居于军力之先，内部改革必须优于外部扩张。最终，皇帝思想的天平倒向王安石，并在熙宁二年（1070年）二月初三任命王安石为参知政事，主持变法。

十六年的变法史，就是一部变法派和保守派的"博弈史"。双方之所以如此对抗，除了变法操之过急，方法欠妥之外，还有三个重要原因，就是施政理念、思维方式、地域背景的差异。

从现代经济学的角度分析，变法派主张强化财政扩张能力和金融刺激政策，控制市场，干预物价，将政府改造成超级公司，与商人在市场上竞争，带有"凯恩斯主义"倾向，具有明显的宏观调控色彩。而保守派，主张国家不应该与商人发生角色错位，政府管好该管的事，其他的让市场去调节，带有亚当·斯密的"经济自由主义"色彩。这两种理念，各有利弊，我们如今也很难站队，因此他们吵翻天自然在情理之中。

从思维方式的角度分析，王安石是一个想象力极为肆张、奔放、纵宕的人，是一个官僚理想主义者，对现行体制的弊端一向看不惯，打破旧体制是他坚定不移的理想；而司马光是一个极其认真、内敛、自律的人，是传统儒家的坚守者，一向奉行传统观念和既定政策，维护中华传统和现行体制是他矢志不渝的追求。

从出生地域的角度分析，司马光出生在北方的山西，那里商品经济不发达，百姓手中没有现钱，以钱代役无法实行，加上以他为首的保守派的家族，与政府有着长期稳定的关系，更适应既有的官僚行为模式，因此对这种激进的变法分外抵触。而王安石出生在南方的江西，长期在经济发达的淮南、江浙、江东为官，又有"贷谷与民，出息以偿"的成功经验，加上以他为首的变法派多是进士出身的新兴官僚，对传统官僚占据政治舞台看不惯，因此有着通过改革一展才华的强烈冲动。

在变法之前，两人还发生过一场著名的争吵。当时，汴京发生地震，河北发生水灾，宰相提出，祭天大礼后请不再按照惯例赏赐，要省下钱来救灾。王安石表示反对，他认为赏赐大臣花不了几个钱，如果财政困难，那是宰相失职。何况，财政困难也不是当务之急。

那么，当务之急是什么？

王安石说："当务之急是找到善于理财的人。"

司马光拍案而起："说得好听！历朝历代所谓理财，不过是巧立名目、横征暴敛罢了，必然是税外加税，费外加费，民众不堪盘剥，只能流离失所，落草为寇，这难道是国家之福？"

王安石反唇相讥："你懂什么！税费岂是生财之道？不加赋税而国库充盈，那才叫善于理财。"

司马光嗤之以鼻："无稽之谈！天地所生万物所长，总共那么多，不在民间就在公家，这边多了那边就少。你要增加国库收入，不从百姓那里拿，请问跟谁要？"[1]

按照现代经济学的观点，王安石无疑是对的。因为增加财政

---

[1] 见〔清〕毕沅《续资治通鉴》卷66，中华书局1999年版。

收入，确实可以不靠增加税种或提高税率，而靠出台政策来刺激经济发展，把蛋糕做大。可惜，这在当时是很难的。王安石虽然也有办法，如兴修水利、鼓励垦田等，但能否立竿见影，却很难说。

也就是说，两人都看到了大宋这套房子存在的问题，只是一个决定推倒重建，一个决定修修补补，策略和手段不同而已。

熙宁三年（1070年）二月三日，王安石被任命为宰相，全力推进变法。这时，青苗法的弊病已经暴露无遗，司马光认为县官靠权柄放钱收息，要比平民放贷收息危害更大，这才公开发难，成为保守派领袖。

此时，变法推行接近一年了，反对的声浪此起彼伏，司马光也上书质疑变法，但皇帝置之不理。二月九日，他向皇帝递交了辞呈，请求外放。宋神宗没有同意。三月二日，因为韩琦上书抨击青苗法，王安石称病不朝。

有人劝司马光弹劾王安石，被他一口回绝："王安石没有任何私利，我为什么要这样做？"他采取的办法，是给王安石写信。

从三月三日开始，他连续给王安石写了三封信，其中一封后来被加了一个题目，叫《与王介甫书》①。这是一封长达三千字的书信，读一遍要花15分钟。司马光一边研墨，一边用毛笔书写，思维不停顿，也需要大半天时间。可见，司马光对收信人寄予多

---

① 原文见本书附录五：《与王介甫书》。

大的期待。信从头至尾，引经据典，层次分明，没有一句废话，也看不到任何攻击之词，有的只是一个老朋友的叮咛和告诫。他伏在案上写这封长信时，一定皱着眉头，表情凝重。

第二天，王安石就回了信，它就是著名的《答司马谏议书》：

鄙人王安石请启：

　　昨天承蒙您来信指教，我私下认为，与您交往相好的日子很久了，但是议论政事却常常不一致，这是因为施政方法有太多不同的缘故啊。虽然想勉强劝说您几句，最终也必定不被您理解，所以简单地给您回信，不再逐一替自己辩护。后来又考虑到蒙您一向看重和厚待我，在书信往来上不宜马虎草率，所以我现在具体讲讲我这样做的原因，期望您看后能谅解我吧。

　　大概读书人所争辩的，尤其在于名义和实际的关系，名义和实际的关系一经辨明，天下的是非之理就解决了。现在您来指教我，是认为我的做法侵犯了官员的职权，惹是生非制造事端，聚敛钱财与民争利，拒不纳谏，因此招致天下人的怨恨和指责。我却认为，我受命于皇帝，议定法令制度并在朝廷修改，把它交给相关机构去执行，不属于侵犯官权；效法先皇的贤明政治，用来兴利除弊，不是惹是生非；替天下理财，不是搜刮钱财；驳斥错误言论，责难奸佞小人，不是拒绝纳谏。至于怨恨和诽谤那么多，那是本来就预料到会出现的。

　　人们习惯于苟且偷安、得过且过已非一天的事了，士大夫多数把不顾国家大事、附和世俗、讨好公众当做好事，因而皇帝才要改变这种风气，那么我不去考虑反对者的多少，想拿出自身力量帮助皇帝抵制这股势力，那些人又为什么不对我大吵大闹呢？盘庚迁都时，连老百姓都抱怨啊，并非只是朝廷士大夫反对。盘庚不因为有人怨恨就改变计划，这是他考虑到迁都合理，然后坚决行动，这是认准了就不后悔的缘故啊。如果您责备我，是因为我在位久，没能帮助皇帝干一番事业，使民众得到好处，那么我是知罪的；如果说，现在应当一切都不去做，墨守前人的陈规旧法就是了，那就不是我敢领教的了。

　　没有机会与您见面，内心不胜仰慕之至！①

这封回信短多了，语气很客气，但态度很坚定，没有什么回旋余地。

看完回信，司马光自感无法说服王安石，皇帝也坚决支持变法，便继续请求离开京城，并于熙宁四年（1071年）辞去职务，隐居洛阳写书，以示不问政事。

背后看人的是小人，看人背后的是贤者。以弹劾王安石而闻

---

　　① 原文见本书附录六：《答司马谏议书》。

名的吕诲去世后，司马光为他撰写了墓志铭，其中提到新法害苦了百姓。有人悄悄把墓志铭拓下来报给王安石，想中伤司马光。不料，王安石将拓本裱好，挂在墙上，对身边人说："君实（司马光）之文，西汉之文也。"宋人写文章，讲究对偶工整、声律优美，但修辞过多，好比在菜里放了太多的肉，不免油腻；而西汉的文章，流淌着山溪的清冽和流云的洁净，是一种自然、朴实的文风。

宋神宗驾崩后，年幼的宋哲宗赵煦继位，由反对变法的高太后"同权处分军国事"，也就是暂时代理皇帝处理军国大事，临朝听政。高太后一临朝，就把司马光召回京城，赶走了变法派大臣。司马光执政后，王安石也选择了避让，栖居在金陵小屋"半山园"，看云卷云舒、月盈月亏，任地老天荒，流水无情，过起了"生一盆火，燃一炷香，烤几枚干果，读几页书"的隐居生活。

二人下野之后，都选择了避让，选择了隐居，因为他们放得下，输得起。从心理学上来讲，一个人输不起，必是人格太过渺小，心理能量不足，自信心不足，就必须获得外界的肯定性能量输入，得到别人承认。如果别人不承认，就会感到受伤，一旦受伤的程度逼近心理承受底线，就会陷入崩溃，丧失理性，恼羞成怒。对于这些尚未感悟人生的人来说，似乎出发就是为了抵达，付出就要有结果，于是必经的过程被视为漫无边际的等待、命运多舛的煎熬和世事无常的无奈。我要问，抵达真的那么重要吗？

终点真的那么精彩吗？花朵的终点是凋谢，道路的终点是绝境，生命的终点是死亡，美人会化为骷髅，皇帝将沦为白骨。要知道，生命也不完全是为了抵达，光彩并不只是在彼岸，绝大多数风景总是在途中。

元祐元年（1086年）四月初六，一个杏花春雨的季节，已将"半山园"捐做佛寺的王安石，走完了63年的人生旅程，在秦淮河边租赁的寒舍中病逝。噩耗传到司马光耳中，他不仅悲戚不已，还为王安石身后可能遭受世俗小人的攻击而担心，抱病给宰相吕公著写信说："王安石的文章与节义，过人处甚多……如今刚刚矫正其过失，革除其弊病，他却不幸谢世，那些反复无常的人必然对他百般诋毁，我恳请朝廷优待他，以改变落井下石的恶俗。"

已被封为荆国公的王安石，又被朝廷追赠为太傅，谥号"文"。

同年九月初一，司马光也撒手人寰，死后被追赠为太师，封温国公，谥号"文正"。

写到这里，我的心在下坠，只能来到窗前，久久凝视着天边那片应该有雨的乌云。九百多年后的今天，我仿佛仍能感受到元祐元年春天和秋天，那两场滂沱的泪雨。

一个是"唐宋八大家"之一，一个是司马迁之后最伟大的史学家。曾经的文学密友，因变法而决裂，一生中像野兽一样互相撕咬，冰炭相激，像顽石一样互相碰撞，火花飞溅，最终又在一年内匆匆相会于九泉之下，不能不算是一个意味深长的历史巧合。

大凡君子，不是没有小心眼，而是不被小心眼左右罢了。两人之间，尽管政见不同，但出发点一致，都是为了强国富民；尽管针锋相对，但没有人身攻击，始终彬彬有礼；尽管势不两立，但私谊犹在，仍旧惺惺相惜。他们的变法之争，纯属君子之争。

　　说到这里，可能读者已经把阿云案忘了。

　　但司马光没忘。

第二十八章

十七年后

元丰八年（1085年）三月，宋神宗驾崩。五月，垂帘听政的高太后下旨，将隐居洛阳的司马光召回京城，任命为门下侍郎，成为第一副宰相。

几度花飞叶落，一番齿豁头秃。此时的司马光已经67岁了，是顶着"反对派领袖"的光环，挺着病弱的身体到任的。连那个被贬到南海边的苏轼，也被起用为登州知州，成了许遵的第五个继任者。不过，他在登州只停留了不到一个月，就奉调回京，不到一年，升到了正三品的翰林学士、知制诰。羡慕和尚，会爱及袈裟。有人说，登州知州这个位子吉祥得很，容易出连升6阶以上的官员。

司马光了解自己的身体状况，他预感到在宰相位子上撑不了多久，因此在他首次拜相的18个月里，一直心急火燎地废除新法。元祐元年（1086年）一月，司马光大病一场，自以为不久于人世，便支撑着病体致函朝廷，声称当务之急莫过于废除新法。

他甚至说："恶法不除，我死不瞑目。"为了规避"三年无改于父之道"的儒家伦理，司马光所找的法理依据，可谓堂而皇之："太皇太后以母改子"。他的原话是："太皇太后做主，明明是母改子，不是子改父。"

如果因为一个药方没能包治百病，就把它说得一文不值，就不知道是开药的幼稚，还是吃药的幼稚了。按说，司马光一贯倡导保守主义理念，做事讲究循序渐进，一分为二。他在《资治通鉴》中，也要求国家领导人必须有博大的胸襟，善于采纳逆耳的忠言。他给人的印象是，如果他是国家领导人，他必如此，因为这是光荣和正确的道路。可是，当他大权在握，他没有做到他所要求别人的。权力就像试金石，立刻暴露出他执拗的性格。元祐元年（1086年）闰二月三日，司马光接任左仆射兼门下侍郎，成为宰相，不仅天爵与人爵集于一身，而且得到了高太后的无条件信任。三月三日，他就下令废除了募役法。要知道，募役法已经实行了接近二十年，民众已经习惯了，纵然是保守派也不得不承认是最好的改革，但也被他和高太后强行恢复为中世纪的差役法。

闲居金陵的王安石听到这一消息，愕然失声："废除到这个法律头上了？"沉默了半天，王安石才又说："这个法，我和先帝商量了两年才实行，各方面都照顾到了。"① 说到伤感处，止不住

---

① 见〔南宋〕朱熹《三朝名臣言行录》卷6，上海书店出版社1989年版。

泪眼婆娑。一个月后，王安石就病逝了，死因中不一定没有心死的成分。

大臣范纯仁同样认为该法已经赢得拥护，只不过少数权势人家不便，万不可废。连保守派人士、右司谏苏辙，都上书劝阻司马光不要"一刀切"，最好先选一个州做试点。

翰林学士苏轼也再三力争，和司马光吵了起来，他说："停止募役而恢复差役，正如罢长征而复民兵，没有好处啊。"并因此骂顽固的司马光是"司马牛"。不过，因为这一骂，苏轼被外放为杭州知州，去西湖修那道至今犹在的"苏堤"。

就这样，一个被宫墙圈禁了半个世纪的老妇人和被成见左右了20年的老绅士，同心合力，挥着政治的锄头，很快就把宋神宗和王安石辛辛苦苦培育的变法之田，根除殆尽，使得嘉祐传统成为遥远的绝响。①

司马光做的第二件事，就是以迅雷不及掩耳之势，罢免了变法派干将，换上一批保守派人士，连那些负责州学的人，也仅仅是因为高级官员的荐举而得到任命。他甚至坦言："与其得小人，不若得愚人。"②

其实，司马光还有一件事如鲠在喉，那就是关于阿云案的争论。于是，在废除新法之前，他就急匆匆地组织大臣再议阿云案，

---

① 见张荫麟《两宋史纲》，北京出版社2016年版。
② 见〔南宋〕黎靖德《朱子语类》卷130，中华书局1986年版。

并以宋哲宗的名义颁布了一份新诏敕：

> 强盗案问欲举自首者，不用减等。

这应该是关于阿云案的第五道诏敕，此时距离第一道诏敕，已经过去了整整17年。这就意味着，熙宁元年（1068年）七月三日的诏敕"谋杀已伤，案问欲举自首者，从谋杀减二等论"，将不再适用于强盗伤人案。

于是，如今许多人据此推测出一个令人目瞪口呆的结局：

> 1085年，司马光一拜相，就重新审理阿云案，以谋杀亲夫的罪名，将阿云逮捕并斩首示众。

然而，我在《宋史》和古代司法史料里，从未查到"阿云被司马光处死"的记录。

我分析，这一结果很不靠谱，原因有四：

第一，宋哲宗的这条诏敕，不是对熙宁元年癸酉诏敕的颠覆，而是补充。它只是从"强盗"问题日渐突出的现实出发，为了用重典惩治强盗，规定了强盗不适用这条法律所规定的自首情节，却没有推翻阿云案的情形。

第二，当年阿云已被宋神宗以皇帝的特权赦免了死罪，并允许她以铜赎罪。无论法律如何修订，都不能重新审理和改判阿云，因为皇帝的敕裁谁也无权推翻。

第三，从汉代法律开始，就确立了"法不诉及既往"的原则，规定："旧时法律不认为是犯罪，即使新法认为犯罪，也不应按照新法论处。"宋代法律也规定："久来条制，凡用旧条已判过，不得引新条追改。"① 显然，宋哲宗诏敕的效力，不能追溯到前朝的阿云案。只有一种情况，才可以追溯过往，那就是新的诏敕和法律生效时，罪犯之前的犯罪行为尚未暴露，或者犯罪行为虽然已经暴露，但司法机关尚未判决。遇到这种情形，司法机关才可以援引新法条进行裁决，但也必须遵循"从轻"原则："各种犯罪未发生及其已经发生尚未裁决，这时法律做了修改，假如新法判决比之前的重，就按之前的法条判；假如新法判决比之前轻，就按新法从轻判决。"②

第四，司马光从未有过处死阿云的想法。早在"两制"辩论时他就说过："阿云获准以铜买死罪，已是皇帝宽恩。许遵为此案上诉，想天下都以此案为例，开奸凶之路，长贼杀之源。"③ 他所担心的，并不是阿云个人的结局，而是今后阿云案成为同类案件所援引的"断例"，让更多的凶恶之徒逃脱法网。因为在宋朝法律体系中，"例"也是重要的立法活动。"例"分为两种形式，一种是皇帝和朝廷司法机关发布的单行条例，又称"指挥"；一

---

① 见〔清〕徐松《宋会要辑稿·职官》，中华书局1957年影印本。
② 见〔南宋〕谢深甫《庆元条法事类》卷73"检断"，国家图书馆出版社2014年版。
③ 见〔元〕马端临《文献通考·统考》中司马光的辩词。

种是朝廷司法机构或皇帝审断的典型案例，又称"断例"。宋神宗时期编有《熙宁法寺断例》《元丰断例》，宋哲宗时期编有《元符刑名断例》。按照规定，"法所不载，然后用例"，意思是在常法没有规定的情况下，才可以引用例来判案。但在司法实践中，由于断例灵活具体，针对性强，法官渐渐把这种一案一例的临时性援引，发展成了最为通行和常见的司法活动。①

如此看来，这个结论之荒谬根本不值一驳。

如果依照如今的司法观念来审视这一案件，王安石和许遵的见解显然更符合人道主义原则，司马光的见解反而显得有些刻板。

不过，我们很难简单地判断谁对谁错，当法条的内涵与适用存在争议时，不同的人基于对法律、法理的不同理解，自然会得出不同的结论。但是，像大宋这样，因为一件案情并不复杂的伤人案，为着"不同罪名中的已伤是否适用自首"这样一个纯粹的法律问题，开展了一年多的辩论，辩论几乎涉及这一法律问题的各个层面：先王立法的本意，法条体现的法理，具体法条的解读，律与敕的优先适用性，敕的出台程序，律的价值，司法的效应。而且，从阿云案案发到最后判决，用了一次两府议，两次两制议，三次重审重判，四级司法部门全部参与，出动了五位两制大员，几十位官员，由宋神宗先后发布了四道诏敕。十七年后，又由宋

---

① 见马志冰《中国法制史》，北京大学出版社2004年版。

哲宗发布了一条补充诏敕，最终形成了新的司法解释，这在中国法制史上是绝无仅有的，在世界法制史上也是极其罕见的。

在长达20年时间里，北宋朝廷仅仅收获了一条谋杀已伤案问欲举自首法，以及一条强盗不适用此法的补充解释，值得吗？

对于人命来说，尽管经过两年的司法流程和立法论战，才完成了对一个普通女子的判决，行政和司法效率似乎很低，但却因此挽救了阿云和今后同类案件中许多人的生命，这是值得的。时间不重要，成本也不重要，大辩论背后的价值观和信仰才重要。

对于文明来说，这五条诏敕足以规定宋代多少人的生活，并因此发扬光大了慎刑的理念，也是值得的。其实，早在远古时期，夏后氏就制定了"与其杀无辜，宁失不经"①的刑罚适用制度，意思是在处理疑难案件时，宁可从宽不依法规，也不错杀无辜。可以说，慎刑是华夏文明的一大传统。

阿云做梦也想不到，自己挥刀砍下去，居然砍出了一道光，一道法治之光，一道文明之光。

有人说，"法治"是西方的传统特产，中国的治理传统是"人治"，但当读完阿云案，就不会以偏概全了。宋人一直自称"尚法令"。南宋思想家陈亮总结说："吾祖宗之治天下也，事无大小，一听于法。"②"一听于法"翻译成现代术语，就是"依法治国"。

---

① 见〔春秋〕左丘明《左传》襄公二十六年引《夏书》，上海古籍出版社2016年版。

② 见〔南宋〕陈亮《陈亮集》，中华书局1974年版。

围绕阿云案发生的一切，不正是"一听于法"吗？我甚至认为，阿云案，在古代高不可攀，在现代也叹为观止，堪称中国司法文明史上一个辉煌的章节。

或许有人反驳我，说阿云案之所以拖了又拖，是因为牵涉到了新党和旧党的"党争"，这是一场政治之争，并不是法律之争。为此，我必须申明，阿云案发生时，王安石变法还在酝酿过程中，士大夫们尚未分裂为新党和旧党两大阵营。恰恰相反，后来被划入旧党的吕公著、韩维、钱公辅，在第二次大辩论中都认同王安石的法律解释。后来被划入新党的吕公弼，还是王安石的老朋友，但他在二府议法时，却没有支持王安石的观点。由此可见，关于阿云案的争论，是大家对法律的不同理解造成的，与政治立场无关，也与关系远近无关，不存在站队的嫌疑。而且在激辩之时，基本上都把自己的意见限定在阐释法律的范围之内，很少使用具有政治色彩的措辞。

退一步说，即便是变法开始后，新党和旧党形成了对立，士大夫们对待私情和公事依旧泾渭分明。王安石与吴充是姻亲，但吴充并不支持新法。文彦博与蔡确也是亲家，文彦博反对新法，蔡确则是变法的中坚。蔡确与冯京也是姻亲，冯京却一直对变法不认同。韩维和韩绛是兄弟，前者反对变法，后者拥护变法。曾巩和曾布也是兄弟，前者对变法有异议，后者是变法的急先锋。吕公弼、吕公著兄弟都不满新法，他们的侄子吕嘉问却是王安石的追随者。赵抃与范镇有私怨，但却是抵制变法的同盟。就连王安石的弟弟王安国，也反对哥哥主持变法，理由是哥哥"聚敛太急，用人不明"。私归私，公归公；私人情谊是私人情谊，政治立场是政治立场，与门生、故交、血缘、亲戚没有必然关系；入朝是对手，回家是朋友，这就是大宋官员的人格魅力，这就是令人仰慕的名士之风。

可惜的是，这种具有高度民主意味和现代意识的开明文官制，在宋朝灭亡后就结束了。许多学者把宋的灭亡，极其遗憾地称作"文明的中断"和"历史的倒退"。至于为什么倒退，那就需要再写一本书了。

当你按照《二十四史》的顺序，继续读"同罪异罚"的元，"重典治国"的明，"重刑高压"的清，一定会留恋与回顾大宋那晚霞般绚丽的司法景观和群星般闪烁的士大夫群体，一定不再为它促狭的疆域而纠结。英国人塞缪尔·斯迈尔斯告诉人们："一个国家的伟大并不取决于疆域的大小，而取决于他的人民的品格。"我也斗胆认为，一个国家是否文明，不在于它的地理，而在于它的历史，说得具体一点，就是它是否具有对全人类有影响的文化。国家地盘大与不大，与文明没有必然关联。

到这里，这场一波三折的法律剧该闭幕了。

但是，有一个皇帝不同意。

第二十九章

乾隆的御批

这个不同意的皇帝,不是大宋皇帝,而是680年后出场的大清皇帝乾隆。

论名气,乾隆不亚于任何一任宋朝皇帝。他实际执政长达63年,不但创造了古代帝王执政时间最长的纪录,而且营造了空前的政治稳定,养活了数量空前的人口,奠定了今天中国的地理版图。这些功绩,是任何人都无法扼杀的。然而,他执政的这个时期,正好经历了英国产业革命自始至终的全过程,一个向全球进军的日不落帝国冉冉升起;孟德斯鸠发表了《论法的精神》,提出统治者必须受到法律的约束;法国大革命已经爆发,"主权在民"的理念横空出世;美国总统华盛顿拒绝担任第三任总统,形成了总统连任不超过两届的成例,开始把统治者的权力"关进法律的笼子"。那么,看似英明的乾隆,是否也能顺应世界潮流呢?

但似乎,乾隆根本不屑与世界为伍,因为他自认是天朝,处于世界的中心，拥有最广阔的疆域，最完美的制度，最发达的经济，是世界各国向往的地方，谁来了都要上贡，都要跪拜，都要请命。乾隆三十三年（1768年），乾隆皇帝57岁了，新疆叛乱已经平定，四海之内一片升平，该干的事基本干完了，他开始附庸风雅，下诏征集图书，并组织文臣编纂图书。每编完一本书，必须呈给他御览。这一年，他读到了文臣呈上的《历代通鉴辑览》，其中写到了阿云案。对于阿云案，乾隆大笔一挥，御批了一段话，大体意思是：

阿云谋杀亲夫，罪大恶极！虽然只是砍伤，并没有砍死，但谋杀行为已经实施，怎么可以让她侥幸活下来，因此逃避杀夫之罪？又怎么可以抓到了才招供，反而按自首处理？

这段话有两个问号，但都不是设问，而是反问。第一个反问，意思是阿云属于"恶逆"，即便婚姻无效，也要按恶逆处死。第二个反问，意思是抓到了才招供，居然按自首减刑，这算什么鬼逻辑？这一点，不但乾隆不明白，我们今天也不明白，因为按照今天的法律，抓住了，说实话，叫坦白；没抓住，来投案，才叫自首。而在宋代，县尉负责抓，推官负责审，在刑侦阶段说实话算自首，在审讯阶段认罪才叫坦白，不但比大清开明、慎重与细腻，也比现代清晰。特别是大清君臣多来自扬鞭放牧、弯弓射猎、挥刀杀戮的大森林和大草原，他们根本理解不了这种细腻，甚至认为这是画蛇添足和姑息养奸。

接下来，乾隆继续写道：

> 许遵允许阿云自首的判决意见，明摆着是曲解法律。刘述身为刑部官员，依照法律推翻许遵的判决是对的。但王安石袒护许遵，诋毁刘述，使得行凶的阿云因为得到宽恕和照顾而漏网。这样一来，伦理纲常变得面目全非，造成各县的奸贼以"谋杀可以自首"为倚仗随意伤人。王安石偏执胡来，根本不知道国家有明确的法条。①

显然，乾隆压根就不想把权力"关进法律的笼子"，而是一直在思考如何把民众"关进法律的笼子"，因此对宋朝不杀阿云耿耿于怀，怒火满腔。我想，阿云如果恰巧生活在所谓的"康乾盛世"，小命休矣。是啊，大清那么多谋杀犯都被杀了，奈何桥上也不差她这一条冤魂。

我真的不敢想象，如果那些封还"词头"的宋朝士大夫恰巧在大清为官，每天早晨醒来，恐怕都会摸一摸脖子，看看脑袋是否还在。别看乾隆自称"书生皇帝"，可他杀起文人来连眼睛也不眨。他在位期间，数得上来的"文字狱"就有130多起，株连

---

① 见〔清〕沈家本《寄簃文存》卷4，商务印书馆2015年版。

之广泛，罪名之可怕，杀戮之严酷，均超过他的父亲雍正、祖父康熙。

胡中藻，进士及第，大清内阁学士、督湖南学政。一天，有人把胡中藻的诗集拿给乾隆，指出书中有"一世无日月""一把心肠论浊清"的诗句，认为"日月"合写为"明"字，是有意恢复明朝；把"浊"字放在"清"之前，是在诋毁清朝。听完报告，乾隆大怒，说："加浊字于国号之上，是何肺腑！"[①] 于是，下令将胡中藻斩首。一批与他诗词唱和的朋友，也受到株连被杀。

徐述夔，乾隆三年（1738年）举人，他的中举答卷题目是《君使臣以礼》，其中有"礼者，君所自尽也"一句。朝廷大臣在对举人答卷例行过目时，发现了"君所自尽"四个字，认为"有违碍之处"。礼部因此停了他续考进士的资格，断了他求取功名的一切希望。他去世一年后，儿子为纪念父亲，把徐述夔与诗友唱和的诗作，编成一本《一柱楼诗集》。又过了15年，一个邻居与徐家发生纠纷，拿着这本诗集把徐家告到了官府，于是酿成了一宗文字狱。朝廷认定，诗中"清风不识字，何须乱翻书"的句子，是"叛逆之词"；"大明天子重相见，且把壶儿抛半边"中的"壶儿"，暗喻"胡儿"，是指满人。乾隆下旨："徐述夔身为举人，却丧心病狂，他借助《一柱楼诗集》怀念旧国，讥讽大

[①] 见《清代文字狱档》第一辑"胡中藻《坚磨生诗钞》案"，上海书店出版社2019年版。

清，荒谬愚妄，犯上作乱，简直罪大恶极！虽然他已经死了，仍然需要剖棺戮尸，以伸张国法。"徐述夔和他的儿子都已入土为安，也被开棺枭首示众；他的两个孙子则因为收藏逆诗罪掉了脑袋。

还有一宗文字狱，是自己申请来的。这个主动找死的人，是湖南耒阳的一个秀才，名叫贺世盛，一辈子没能考中进士，靠代人写状子为生。不平事经历多了，他就把经手的案件拼凑出一部《笃国策》。书成以后，他兴冲冲地赶赴京城献书，希望得到乾隆帝的垂青，赏给自己一官半职。不承想，他不仅没能实现入仕梦，还被定为"妄议朝政罪"，判了斩立决，因为该书涉嫌批评朝廷的捐官制度。

如果您有机会打开大清的"文字狱"档案，会发现，使用频率最高的罪名，就是"谋反大逆"。这一现象与大宋"乌台诗案"的司法程序和判决结果截然不同，大清皇帝动不动就大发雷霆，司法机关动不动就无限上纲，寻常的文学修辞都会变成"不敬"的证据，手无缚鸡之力的文人都会被扣上"谋逆"的帽子。期间，没有一个人敢站出来讲情，因为谁讲情谁就是同情谋反者，同情者也有很大的概率被杀。最终，文武百官只能眼看着文人的鲜血化成漫天的血雨。于是，有一个文人倡议：请学会用竹篮打水，给瞎子点灯，为的是让身体青未了，让精神凌绝顶。

翻开每一件大清"文字狱"，如果您正好喜欢写诗，一定脊背发凉,冷汗直冒。

于是我想,假如我生在古代,又允许我选择一个朝代生活,我的选择必须是:大宋。

后　记

一

不知您是否遇到过这种情况：街上走过一个陌生人，突然引起了您的注意，您在心里嘀咕："这张脸让我想起了一个人。"然而，您无论如何也记不起您想到的究竟是谁的脸。您会花上几天甚至几星期搜寻一切可能的线索。这个尴尬的难题还会打扰您的睡眠，让您半夜醒来，因为您非常肯定这张脸很像某个您相当熟悉的人，可这个人是谁呢？

问题在于，这种感觉我不止一次地产生过。

一次是1992年，我和家人去蓬莱旅游。一到蓬莱阁，我就说："这个地方我来过。"家人们一起奇怪地看我，意思是，你在做梦吧。

既然似曾相识，就说明有缘。

多年后，我出版了《丝绸之路——从蓬莱到罗马》。说起来，这是我首次为一个城市而创作。

  2020年芙蓉花开的时节，我再次来到蓬莱，接受了我愧为作家以来第一次真正的掌声。蓬莱市授予我荣誉市民称号，还赠给我一套光绪版的《登州府志》。回到家，我就把这套书摆到了书房显眼的位置。遗憾的是，因为公务过于繁忙，我一直没有触碰它。

二

  时光进入2022年3月，处在北纬36度线上的济南细雨嫩寒，柳明花艳。待在书房的时间充裕起来，我终于抽出了那套蒙尘两载的书。

  我一直认为，世上最甜美的香气是书香。每当楼外没有了人影，弯月升起在楼角，我一个人轻嗅着淡淡的书香，听线装书页翻动的声响，既像在与书中的唐宋人物对话，又像在樱花道上任花瓣飘落脸庞。

  记得是第四天，我在《登州府志》卷24的职官部分，看到了苏轼的名字。尽管他在登州知州任上干了不足一个月，甚至连行李都没有打开，但他名气太大了，书上漏了谁，也不会少了他。可是，当我看到列在他前面的登州知州——许遵，我的脑袋仿佛受到了电击。

  为什么？因为这个名字似曾相识。

细细回想，原来他是一个宋代凶案中的法官。而且，这个凶案就发生在登州。

看来，我注定与蓬莱有缘。

接下来，我用一个月时间重现了许遵经手的这个凶案，取名《阿云案背后的大宋文明》，算是我这个荣誉市民献给蓬莱的又一本书。

三

实话实说，这是我从事写作以来，写得最顺畅、写作时间最短的一本书。

在写作过程中，我有一种水满则溢、瓜熟蒂落的感觉，这种感觉是我从未有过的，非常奇妙，非常愉快，非常通透，而且一下笔就停不下来，有时一直写到启明星在夜幕上闪现。最多的时候，一天能写一万字。感觉自己像是一个解放者。

我想，能出现这种状态，绝不是我在叙述上多么训练有素，也不是我提前占有了多么丰富的资料，而且这本书涉及法律，我又不是法律科班出身，连一些法律词汇都不掌握，按说写起来应该分外艰涩才对。

但事情就这样自然而然发生了，就好比一家人寻找失踪的孩子多少年，在全家万念俱灰的时候，这个已经长大的孩子却突然出现了。

我一直在想，为什么？

可能是两个原因吧。

一个是本书的叙事方式。此前，我的书大都题材宏大，视角广袤，属于"宏观叙事"，宏大得让我难以驾驭，每一本书都要花费多年时间，如叙述中国55个少数民族的《另一半中国史》，写了十年；书写西域48国的《大写西域》，写了五年；全景展现陆上丝绸之路的《丝绸之路——从蓬莱到罗马》，写了四年。而本书，一反此前的宏大叙事，属于典型的"微观文学"，类似于管中窥豹、一叶知秋，通过一个年份、一个人物或一个事件去展现那个时代，黄仁宇的《万历十五年》、史景迁的《王氏之死》、马伯庸的《长安十二时辰》、夏坚勇的《绍兴十二年》莫不如此。这一次，我就是试图通过登州阿云案，导引出案件背后的大宋文明。

一个是本书的创作体裁。按说，它应该归类于纪实文学，也叫非虚构文学。既然是纪实文学，就应该采用散文或者报告文学的创作方法。但是，本书除了具有纪实特质，还采用了小说笔法，让故事层层递进，让悬念连续不断，与人物亲密互动，以求不断激发读者的阅读冲动。

正因为是微观文学，所以驾驭起来相对从容；正因为用小说笔法，所以书写起来才比较顺畅吧。

四

　　我一直庆幸，我生性率直，处事生硬，却总有一批亲朋，始终包容我，站在我身后，并在本书创作中给了我无私的支持，他们是山东大学宋代法制史专家李云龙博士，老友乔新家，法律顾问杨富琛，还有赵衍峰、徐其成、宋超、张建峰、李浩、刘程远。尤其令我意外的是，作家、编剧马伯庸先生欣然为本书作序，中国政法大学教授罗翔和网络作家、编剧蒋胜男特别推介了本书。简单的"谢谢"两个字，实在无法表达我的感动。

　　最后，我必须对家人，特别是年迈的父母和幼小的孙女灵均表示愧疚，在本书创作期间，我没能抽出一天时间回家看望他们。

　　好在岁月不老，亲情永在。

2022年4月15日于济南历城

附录

宋史·许遵传

脱脱等

为审刑院详议官，知宿州、登州。遵累典刑狱，强敏明恕。及为登州，执政许以判大理，遵立奇以自鬻。会妇人阿云狱起。初，云许嫁未行，嫌婿陋，伺其寝田舍，怀刀斫之，十余创，不能杀，断其一指。吏求盗弗得，疑云所为，执而诘之，欲加讯掠，乃吐实。遵按云纳采之日，母服未除，应以凡人论，谳于朝。有司当为谋杀已伤，遵驳言："云被问即承，应为按问。审刑、大理当绞刑，非是。"事下刑部，以遵为妄，诏以赎论。未几，果判大理。耻用议法坐劾，复言："刑部定议非直，云合免所因之罪。今弃敕不用，但引断例，一切按而杀之，塞其自守之路，殆非罪疑惟轻之义。"诏司马光、王安石议。光以为不可，安石主遵，御史中丞滕甫、侍御史钱顗皆言遵所争戾法意，自是廷论纷然。安石既执政，悉罪异己者，遂从遵议。虽累问不承者，亦得为按问。或两人同为盗劫，吏先问左，则按问在左；先问右，则按问在右。狱之生死，在问之先后，而非盗之情，天下益厌其说。

文献通考·刑考

马端临

神宗熙宁元年，诏："谋杀已伤，案问欲举，自首，从谋杀减二等论。"初，登州言：有妇云于母服嫁韦，恶韦寝陋，谋杀不死，案问欲举，自首。审刑、大理论死，用违律为婚奏裁，贷之。知州许遵言："当减谋杀罪二等，请论如敕律。"乃送刑部，刑部断如审刑、大理。遵不服，请下两制议。诏翰林学士司马光、王安石同议，二人不同，遂各为奏。

光言："凡议法者，当先原立法之意，然后可以断狱。按律：'其于人损伤，不在自首之例。'释谓'犯杀伤而自首者，得免所因之罪，仍从故杀伤'者，盖以与人损伤，既不在自首之例，而别因有犯，如为盗、劫囚、略卖人之类，本无杀伤之意而致杀伤人者，虑有司执文，并不许首，故申明'因犯杀伤而自首者，得免所因之罪'。然杀伤之中，自有二等：其处心积虑，巧诈百端，掩人不备，则谓之谋；直情径行，略无顾虑，公然杀害，则谓之故。谋者重，故者轻。今因犯他罪致杀伤人，他罪得首，杀伤不原，若从谋杀则太重，若从斗杀则太轻，故参酌其中，从故杀伤法也。其直犯杀伤，更无他罪者，惟未伤可首，已伤不在首限。今许遵欲以谋与杀分为两事。按谋杀、故杀皆是杀人，若以谋与杀为两事，则故与杀亦为两事也。彼平居谋虑，不为杀人，当有何罪而可首者？以此知'谋'字止因'杀'字生文，不得别为所因之罪。若以劫、斗与谋皆为所因之罪，从故杀伤法，则是斗伤自首反得加罪一等也。云获贷死，已是宽恩；遵为之请，欲天下引以为例，开奸凶之路，长贼杀之源，非教之善者也。臣愚以为宜如大理寺所定。"

安石言："《刑统》杀伤罪名不一，有因谋，有因斗，有因劫囚窃囚，有因略卖人，有因被囚禁拒捍官司而走，有因强奸有因厌魅咒咀，此杀伤而有所因者也。惟有故杀伤则无所因，故《刑统》'因犯杀伤而自首，得免所因之罪，仍从故杀伤法'，其意以为，于法得首，所因之罪既已原免，而法不许首杀伤，刑名未有所从，唯有故杀伤为无所因而杀伤，故令从故杀伤法。至今因犯过失杀伤而自首，则所因之罪已免，唯有伤杀之罪未除。过失杀伤，非故杀伤，不可亦从故杀伤法，故《刑统》令过失者，从本过失法。至于斗杀伤，则所因之罪常轻，杀伤之罪常重，则自首合从本法可知。此则《刑统》之意，唯过失与斗当从本法。其余杀伤，得免所因之罪，皆从故杀伤罪科之，则于法所得首之罪皆原，而于法所不得首之罪皆不免；其杀伤之情本轻者，自从本法，本重者，得以首原。今刑部以因犯杀伤者，谓别因有犯，遂致杀伤。窃以为律但言'因犯',不言'别因',则谋杀何故不得为杀伤所因之犯？又刑部以始谋专为杀人,即无所因之罪。窃以为,律:'谋杀人者徒三年,已伤者绞,已杀者斩。'谋杀与已伤、已杀自为三等刑名,因有谋杀徒三年之犯,然后有已伤、已杀绞、斩之刑名,岂得称别无所因之罪？今法寺、刑部乃以法得首免之谋杀,与法不得首免之已伤合为一罪,其失律意明甚。臣以为亡谋杀已伤,案问欲举,自首合从谋杀减二等论。然窃原法寺、刑部所以自来用例断谋杀已伤不许首免者,盖为《律疏》但言'假有因盗杀伤,盗罪得免,故杀伤罪仍科',遂引为所因之罪,止谓因盗杀伤之类,盗与杀伤为二事,与谋杀杀伤类例不同。臣以为,《律疏》假设条例,其于出罪,则当举重以包轻,因盗伤人者斩,尚得免所因之罪,谋杀伤人者绞,绞轻于斩,则其得免所因之罪可知也。然议者或谓,谋杀已伤,情理有甚重者,若开自首,则或启奸。臣以为有司议罪,惟当守法,情理轻重,则敕许奏裁。若有司辄得舍法以论罪,则法乱于下,人无所措手足矣。"

御史中丞滕甫犹请再选官定议,诏送翰林学士吕公著、韩维、知制诰钱公辅。于是公著等言:"安石、光所论,敕律悉已明备,所争者,惟谋为伤因不为伤因而已。臣等以为,律著不得自首者凡六科,而于人损伤,不在自首之例。释谓'犯杀伤而自首者,得免所因之罪,仍从故杀伤法。'盖自首者,但免所因之罪,而尚从故杀伤法,则所因之谋罪虽原免,而伤者还得伤之罪,杀者还得杀之刑也。且律于器物至不可备偿则不许首,今于人损伤,尚有可当之刑,而必使偿之以死,不已过乎!古初立法,杀人者死,伤人者抵罪。后世因劫杀而伤者,则增至于斩,因谋杀而伤者,则增入于绞。倘有不因先谋,则不过徒、杖三等之科而已,岂深入于绞斩乎?若首其先谋,则伤罪仍在,是伤不可首,而因可首,则谋为伤因,亦已明矣。律所以设首免之科者,非独开改恶之路,恐犯者自知不可免死,则欲遂其恶心至于必杀。今若由此著为定论,塞其原首之路,则后之首者,不择轻重,有司一切按文杀之矣,朝廷虽欲宽宥,其可得乎!苟以为谋杀情重,律意不通其首,则六科之中,当著谋杀已伤不在自首之例也。《编敕》所载,但意在致人于死,并同已伤及伤与不伤,情理、凶恶不至死者,许奏裁。今令所因之谋,得用旧律而原免,已伤之情,复以后敕而奏决,则何为而不可也!臣等以为宜如安石所议便。"

制曰:"可。"大理寺、审刑、刑部法官皆释罪。于是法官齐恢、王师元、蔡冠卿等皆以公著等所议为不当。又诏安石与法官集议,安石与师元、冠卿反覆论难,师元等益坚其说。

明年二月庚子,诏:"自今谋杀人已死自首及案问欲举,并奏取敕裁。"而判部刘述、丁讽奏庚子诏书未尽,封还中书。于是安石奏以为:"律意,因犯杀伤而自首者,得免所因之罪,仍从故杀伤法;若已杀,从故杀法,则为首者必死,不须奏裁;为从者,自有《编敕》奏裁之文,不须复立新制。"与唐介等数争议于帝前，卒从安石议。是月甲寅，诏："自今谋杀人自首及按问欲举，并以去年七月诏书从事。其谋杀人已死，为从者虽当首减，依《嘉祐敕》：凶恶之人，情理巨蠹及误杀人伤与不伤，奏裁。"收还庚子诏书。

刘述等又奏，以为不当以敕颁御史台、大理寺、审刑院及开封府而不颁之诸路，入误引刑一司敕，请中书、枢密院合议。中丞吕诲、御史刘琦、钱顗皆请如述等奏，下之二府。帝以为律文甚明，不须合议。而曾公亮等皆以博尽同异、厌塞言者为无伤，乃以众议付枢密院。文彦博以为："杀伤者，欲杀而伤也，即已杀者不可首。"吕公弼以为："杀伤于律不可首。请自今已后，杀伤依律，其从而加功自首，即奏裁。陈升之、韩绛议与安石略同。时富弼入相，帝令弼与安石议。弼谓安石以"谋与杀分为二事，以破析律文，尽从众议"，安石不可，弼乃辞以病。

八月，遂诏谋杀人自首及案问欲举，并依今年二月甲寅敕施行。诏开封府推官王尧臣劾刘述、丁讽、王师元以闻，述等皆贬。司马光言："阿云之狱，中材之吏皆能立断，朝廷命两制、两府定夺者各再，敕出而复收者一，收而复出者一，争论从横，至今未定。夫执条据例者，有司之职也；原情制义者，君相之事也。分争辩讼，非礼不决，礼之所去，刑之所取也。阿云之事，陛下试以礼观之，岂难决之狱哉！彼谋杀为一事为二事，谋为所因不为所因，此苛察缴绕之论，乃文法俗吏之所争，岂明君贤相所当留意邪！今议论岁余而后成法，终为弃百代之常典，存三纲之大义,使良善无告,奸凶得志,岂非徇其枝叶而忘其根本之所致邪!"不报。

初,安石议行,司勋员外郎崔台符举首加额曰:"数百年误用刑名,今乃得正!"安石喜其附己,明年六月,擢判大理寺。

司马光关于阿云案的上疏

司马光

温公议云：臣窃以为凡议法者，当先原立法之意，然后可以断狱。窃详《律》文："其于人损伤，不在自首之例。"注云："因犯杀伤而自首者，得免所因之罪，仍从故杀伤法。"所谓"因犯杀伤"者，言因犯他罪，本无杀伤之意，事不得已，致有杀伤，除为盗之外，如劫囚、略卖人之类，皆是也。律意盖以于人损伤既不得首，恐有别因余罪而杀伤人者，有司执文并其余罪亦不许首，故特加申明云"因犯杀伤而自首者，得免所因之罪。"然杀伤之中，自有两等，轻重不同：其处心积虑，巧诈百端，掩人不备者，则谓之谋；直情径行，略无顾虑，公然杀害者，则谓之故。谋者尤重，故者差轻。今此人因犯他罪致杀伤人，他罪虽得首原，杀伤不在首例。若从谋杀则太重，若从斗杀则太轻，故酌中令从"故杀伤论法"也。其直犯杀伤更无他罪者，惟未伤则可首，但系已伤，皆不可首也。今许遵欲将谋之与杀分为两事，案谋杀、故杀，皆是杀人，若将谋之与杀分为两事，则故之与杀亦是两事也。且《律》称"得免所因之罪",故劫囚、略人皆是,已有所犯,因而又杀伤人,故劫略可首,而杀伤不原。若平常谋虑,不为杀人,当有何罪可得首免?以此知"谋"字止因"杀"字生文,不得别为所因之罪也。若以劫斗与谋皆为所因之罪,从故杀伤法,则是斗伤自首反得加罪一等也。遵所引苏州洪祚断例,案《律疏》云:"假有因盗故杀伤人而自首者,盗罪得免,故杀伤罪仍科。"《疏》既指名故杀伤人,则是因盗谋杀伤人者,自从谋法。当时法官误断,不可用例破条。遵又引《编敕》"谋杀人伤与不伤,罪不至死者,并奏取敕裁",以为谋杀已伤而罪不至死者,即是自首之人。按尊长谋杀卑幼之类,皆是已伤而罪不至死,不必因首也。遵又引《律疏问答》条云:"谋杀凡人,乃云是舅。"又云:"谋杀之罪尽。显是谋杀,许令自首。"案问皆谓谋而未伤,方得首免,若其已伤,何由可首?凡议罪制刑,当使重轻有叙,今若使谋杀已伤者得自首,从故杀伤法,假有甲乙二人,甲因斗殴人鼻中血出,既而自首,犹科杖六十罪;乙有怨雠,欲致其人于死地,暮夜伺便推落河井,偶得不死,又不见血,若来自首,止科杖七十罪。二人所犯绝殊,而得罪相将。果然如此,岂不长奸?况阿云嫌夫䛫陋,亲执腰刀,就田野中,因其睡寐,斫近十刀,断其一指,初不陈首,直至官司执录将行拷捶,势不获已,方可招承。情理如此,有何可悯?朝廷贷命编管,已是宽恩,而遵更稽留不断,为之伸理,欲令天下今后有似此之类,并作减二等断遣,窃恐不足劝善,而无以惩恶，开巧伪之路，长贼杀之源，奸邪得志，良民受弊，非法之善者也。臣愚以为大理寺、刑部所定已得允当，难从许遵所奏作案问欲举减等两科。今来与王安石各有所见，难以同共定夺，伏乞朝廷特赐裁酌施行。

御史弹劾宰相书

刘述、刘琦、钱顗

安石执政以来，未逾数月，中外人情嚣然胥动。盖以专肆胸臆，轻易宪度，无忌惮之心故也。陛下任贤求治，常若饥渴，故置安石政府。必欲致时如唐、虞，而反操管、商权诈之术，规以取媚。遂与陈升之合谋，侵三司利柄，取为己功；开局设官，用八人者分行天下，惊骇物听，动摇人心。去年因许遵文过饰非，妄议自首按问之法，安石任一偏之见，改立新议，以害天下大公。章辟光献岐邸迁外之说，疏间骨肉，罪不容诛。吕诲等连章论奏，乞加窜逐。陛下虽许其请，安石独进瞽言，荧惑圣听。陛下以为爱己，隐忍不行。先朝所立制度，自宜世世子孙，守而勿失；乃欲事事更张，废而不用。安石自应举历官，尊尚尧、舜之道，以倡率学者，故士人之心靡不归向，谓之为贤。陛下亦闻而知之，遂正位公府。遭时得君如此之专，乃首建财利之议，务为容悦，言行乖戾，一至于此。刚狠自任，则又甚焉。奸诈专权之人，岂宜处之庙堂，以乱国纪！愿早罢逐，以慰安天下元元之心。

曾公亮位居丞弼，不能竭忠许国，反有畏避之意，阴自结援以固宠，久妨贤路，亦宜斥免。赵抃则括囊拱手，但务依违大臣，事君岂当如是！

与王介甫书

司马光

二月二十七日翰林学士兼侍读学士、右谏议大夫司马光惶恐再拜，介甫参政谏议阁下：

光居常无事，不敢涉两府之门，以是久不得通名于将命者。春暖，伏维机政余裕，台候万福。孔子曰："益者三友，损者三友。"光不才，不足以辱介甫为友，然自接侍以来十有余年，屡尝同僚，亦不可谓之无一月之雅也。虽愧多闻，至于直、谅，不敢不勉；若乃便辟、善柔，则固不敢为也。孔子曰："君子和而不同，小人同而不和。"君子之道，出、处、语、嘿，安可同也？然其志则皆欲立身行道、辅世养民，此其所以和也。

曩者与介甫议论朝廷事，数相违戾，未知介甫之察不察，然于光向慕之心未始变移也。窃见介甫独负天下大名三十余年，才高而学富，难进而易退，远近之士，识与不识，咸谓介甫不起则已，起则太平可立致，生民咸被其泽矣。天子用此，起介甫于不可起之中，引参大政，岂非欲望众人之所望于介甫邪。今介甫从政始期年，而士大夫在朝廷及自四方来者，莫不非议介甫，如出一口；下至闾阎细民、小吏走卒，亦窃窃怨叹，人人归咎于介甫，不知介甫亦尝闻其言而知其故乎？光窃意门下之士，方日誉盛德而赞功业，未始有一人敢以此闻达于左右者也。非门下之士则皆曰："彼方得君而专政，无为触之以取祸，不若坐而待之，不过二三年，彼将自败。"若是者不唯不忠于介甫，亦不忠于朝廷。若介甫果信此志，推而行之，及二三年，则朝廷之患已深矣，安可救乎？如光则不然，悉备交游之末，不敢苟避谴怒、不为介甫一一陈之。

今天下之人恶介甫之甚者，其诋毁无所不至。光独知其不然，介甫固大贤，其失在于用心太过，自信太厚而已。何以言之？自古圣贤所以治国者，不过使百官各称其职、委任而责其成功也；其所以养民者，不过轻租税、薄赋敛、已逋责也。介甫以为此皆腐儒之常谈，不足为，思得古人所未尝为者而为之。于是财利不以委三司而自治之，更立制置三司条例司，聚文章之士及晓财利之人，使之讲利。孔子曰："君子喻于义，小人喻于利。"樊须请学稼，孔子犹鄙之，以为不知礼义信，况讲商贾之末利乎？使彼诚君子邪，则固不能言利；彼诚小人邪，则固民是尽，以饫上之欲，又可从乎？是知条例一司已不当置而置之，又于其中不次用人，往往暴得美官，于是言利之人皆攘臂圜视，炫鬻争进，各斗智巧，以变更祖宗旧法，大抵所利不能补其所伤，所得不能偿其所亡，徒欲别出新意，以自为功名耳，此其为害已甚矣。又置提举常平、广惠仓使者四十余人，使行新法于四方。先散青苗钱，次欲使比户出助役钱，次又欲更搜求农田水利而行之。所遣者虽皆选择才俊，然其中亦有轻佻狂躁之人，陵轹州县，骚扰百姓者。于是士大夫不服，农商丧业，故谤议沸腾，怨嗟盈路，迹其本原，咸以此也。《书》曰："民不静，亦惟在王宫邦君室。"伊尹为阿衡，有一夫不获其所，若己推而内之沟中。孔子曰："君子求诸已。"介甫亦当自思所以致其然者，不可专罪天下之人也。夫侵官，乱政也，介甫更以为治术而称施之；贷息钱，鄙事也，介甫更以为王政而力行之；徭役自古皆从民出，介甫更欲敛民钱雇市佣而使之。此三者常人皆知其不可，而介甫独以为可，非介甫之智不及常人也，直欲求非常之功而忽常人之所知耳。夫皇极之道，施之于天地，人皆不可须臾离，故孔子曰："道之不明也，我知之也，智者过之，愚者不及也。道之不行也，我知之矣，贤者过之，不肖者不及也。"介甫之智与贤皆过人，及其失也，乃与不及之患均，此光所谓用心太过者也。

自古人臣之圣者，无过周公与孔子，周公、孔子亦未尝无过，未尝无师。介甫虽大贤，于周公、孔子则有间矣，今乃自以为我之所见，天下莫能及，人之议论与我合则善之，与我不合则恶之，如此方正之士何由进，谄谀之士何由远？方正日疏、谄谀日亲，而望万事之得其宜，令名之施四远，难矣。夫从谏纳善，不独人君为美也，于人臣亦然。昔郑人游于乡校，以议执政之善否。或谓子产毁乡校,子产曰:"其所善者吾则行之,其所恶者吾则改之,是吾师也,若之何毁之?"蒍子冯为楚令,有宠于蒍子者八人,皆无禄而多马。申叔豫以子南、观起之事警之,蒍子惧,辞八人者,而后王安之。赵简子有臣曰周舍,好直谏,日有记,月有成,岁有效。周舍死,简子临朝而叹曰:"千羊之皮不如一狐之腋,诸大夫朝,徒闻唯唯,不闻周舍之鄂鄂,吾是以忧也。"子路,人告之以有过则喜。郑文终侯相汉,有书过之史。诸葛孔明相蜀,发教与群下曰:"违覆而得中,犹弃弊蹻而获珠玉。然人心苦不能尽,惟董幼宰参署七年,事有不至,至于十反。"孔明尝自校簿书,主簿杨颙谏曰:"为治有体,上下不可交侵,请为明公以作家譬之。今有人使奴执耕稼,婢典炊爨,鸡主司晨,犬主吠盗,私业无旷,所求皆足;忽一旦尽欲以身亲其役,不复付任,形疲神困,终无一成,岂其智之不如奴婢鸡狗哉!失为家主之法也。"孔明谢之。及颙卒,孔明垂泣三日。吕定公有亲近曰徐原,有才志,定公荐拔至侍御史,原性忠壮,好直言,定公时有得失,原辄谏争,又公论之。人或以告定公,定公叹曰:"是我所以贵德渊者也。"及原卒,定公哭之尽哀,曰:"德渊,吕岱之益友,今不幸,岱复于何闻过哉。"此数君子者,所以能功成名立,皆由乐闻直谏、不讳过失故也。若其余骄亢自用,不受忠谏而亡者不可胜数。介甫多识前世之载,固不俟光言而知之矣。孔子称"有一言而可以终身行之者,其恕乎。"《诗》云:"伐柯伐柯,其则不远。"言以其所愿乎上交乎下,以其所愿乎下事乎上，不远求也。介甫素刚直，每议事于人主前，如与朋友争辩于私室，不少降辞气，视斧钺鼎镬如无也。及宾客僚属谒见论事，则唯希意迎合，曲从如流者，亲而礼之；或所见小异，微言新令之不便者，介甫辄艴然加怒，或诟骂以辱之，或言于上而逐之，不待其辞之毕也。明主宽容此，而介甫拒谏乃尔，无乃不足于恕乎？昔王子雍方于事上而好下佞己，介甫不幸亦近是乎？此光所谓自信太厚者也。

　　光昔从介甫游，介甫于诸书无不观，而特好孟子与老子之言，今得君得位而行其道，是宜先其所美，必不先其所不美也。孟子曰："仁义而已矣，何必曰利？"又曰："为民父母，使民盻盻然，将终岁勤动，不得以将其父母，又称贷而益之，恶在其为民父母也！"今介甫为政，首建制置条例司，大讲财利之事。又命薛向行均输法于江、淮，欲尽夺商贾之利；又分遣使者散青苗钱于天下而收其息，使人人愁痛，父子不相见，兄弟妻子离散，此岂孟子之志乎？老子曰："天下神器，不可为也，为者败之，执者失之。"又说："我无为而民自化，我好静而民自正，我无事而民自富，我无欲而民自朴。"又说："治大国若烹小鲜。"今介甫为政，尽变更祖宗旧法，先者后之，上者下之，右者左之，成者毁之，弃者取之，砫砫焉穷日力，继之以夜而不得息，使上自朝廷，下及田野，内起京师，外周四海，士吏兵农、工商僧道，无一人得袭故而守常者，纷纷扰扰，莫安其居，此岂老氏之志乎！何介甫总角读书、白头秉政，乃尽弃其所学而从今世浅丈夫之谋乎？

古者国有大事谋及卿士，谋及庶人。成王戒君陈曰："有废有兴，出入自尔。师虞庶言同则绎。"《诗》云："先民有言，询于刍荛。"孔子曰："上酌民言则下天上施，上不酌民言则下不天上施。"自古立功之事，未有专欲违众而能有济者也。使《诗》、《书》、孔子之言皆不可信则已，若犹可信，则岂得尽弃而不顾哉！今介甫独信数人之言，而弃先王之道，违天下人之心，将以致治，不亦难乎？

近者藩镇大臣有言散青苗钱不便者，天子出其议，以示执政，而介甫遽悼悼然不乐，引疾卧家。光被旨为批答，见士民方不安如此，而介甫乃欲辞位而去，殆非明主所以拔擢委任之意，故直叙其事，以义责介甫，意欲介甫早出视事，更新令之不便于民者，以福天下。其辞虽朴拙，然无一字不得其实者。窃闻介甫不相识察，颇督过之，上书自辩，至使天子自为手诏以逊谢，又使吕学士再三谕意，然后乃出视事。出视事诚是也，然当速改前令之非者，以慰安士民，报天子之盛德。今则不然，更加忿怒，行之愈急。李正言言青苗钱不便，诘责使之分析。吕司封传语祥符知县未散青苗钱，劾奏，乞行取勘。观介甫之意，必欲力战天下之人，与之一决胜负，不复顾义理之是非，生民之忧乐，国家之安危，光窃为介甫不取也。光近蒙圣恩过听，欲使之副贰枢府。光窃惟居高位者，不可以无功，受大恩者，不可以不极，故辄敢申明去岁之论，进当今之急务，乞罢制置三司条例司，及追还诸路提举常平、广惠仓使者。主上以介甫为心，未肯俯从。

光窃念主上亲重介甫，中外群臣无能及者，动静取舍，唯介甫之为信，介甫曰可罢，则天下之人咸被其泽；曰不可罢，则天下之人咸被其害。方今生民之忧乐、国家之安危，唯系介甫之一言，介甫何忍必遂己意而不恤乎？夫人谁无过，君子之过，如日月之食，过也，人皆见之；更也，人皆仰之，何损于明？介甫诚能进一言于主上，请罢条例司，追还常平使者，则国家太平之业皆复其旧，而介甫改过从善之美愈光大于前日矣，于介甫何所亏丧而固不移哉！光今所言，正逆介甫之意，明知其不合也，然光与介甫趣向虽殊，大归则同，介甫方欲得位，以行其道，泽天下之民；光方欲辞位，以行其志，救天下之民，此所谓和而不同者也。故敢一陈其志，以自达于介甫，以终益友之义，其舍之取之，则在介甫矣。

《诗》云："周爰咨谋。"介甫得光书，倘未赐弃掷，幸与忠信之士谋其可否，不可以示谄谀之人，必不肯以光言为然也。彼谄谀之人欲依附介甫，因缘改法，以为进身之资，一旦罢局，譬如鱼之失水，此所以挽引介甫使不得由直道行者也，介甫奈何徇此曹之所欲而不思国家之大计哉？孔子曰："巧言令色鲜矣仁。"彼忠信之士于介甫当路之时，或龃龉可憎，及失势之后，必徐得其力；谄谀之士于介甫当路之时，诚有顺适之快，一旦失势，必有卖介甫以自售者矣。介甫将何择焉？国武子好尽言，以招人之过，卒不得其死。光常自病似之而不能改也。虽然，施于善人亦何忧之有？用是故敢妄发而不疑也。属以辞避恩命未得请，且病膝疮不可出,不获亲侍言于左右而布陈以书,悚惧尤深。介甫其受而听之,与罪而绝之,或诟詈而辱之,与言于上而逐之,无不可者,光俟命而已。

不宣。光惶恐再拜。

答司马谏议书

王安石

某启：昨日蒙教，窃以为与君实游处相好之日久，而议事每不合，所操之术多异故也。虽欲强聒，终必不蒙见察，故略上报，不复一一自辨。重念蒙君实视遇厚，于反覆不宜卤莽，故今具道所以，冀君实或见恕也。

盖儒者所争，尤在于名实，名实已明，而天下之理得矣。今君实所以见教者，以为侵官、生事、征利、拒谏，以致天下怨谤也。某则以谓受命于人主，议法度而修之于朝廷，以授之于有司，不为侵官；举先王之政，以兴利除弊，不为生事；为天下理财，不为征利；辟邪说，难壬人，不为拒谏。至于怨诽之多，则固前知其如此也。

人习于苟且非一日，士大夫多以不恤国事、同俗自媚于众为善，上乃欲变此，而某不量敌之众寡，欲出力助上以抗之，则众何为而不汹汹然？盘庚之迁，胥怨者民也，非特朝廷士大夫而已；盘庚不为怨者故改其度，度义而后动，是而不见可悔故也。

如君实责我以在位久，未能助上大有为，以膏泽斯民，则某知罪矣；如曰今日当一切不事事，守前所为而已，则非某之所敢知。

　　无由会晤，不任区区向往之至！